AF488949

Lom
PALABRA DE LA LENGUA
YÁMANA QUE SIGNIFICA
Sol

Díaz Eterovic, Ramón 1956 -
La ciudad está triste [texto impreso] /
Ramón Díaz Eterovic.
– 2ª ed. – Santiago: LOM Ediciones; 2013.
80 p.: 14x21,5cm. (Colección Narrativa).
ISBN: 978-956-00-0431-4
1. Novelas Chilenas I. Título. II. Serie.
Dewey : Ch863.-- cdd 21
Cutter : D542c

FUENTE: Agencia Catalográfica Chilena

© **LOM** EDICIONES
Segunda edición LOM, 2013
Primera edición LOM, 2000

Primera Edición, Editorial Sin Fronteras, octubre 1987

ISBN: 978-956-00-0431-4
RPI: 117.011

DISEÑO, EDICIÓN Y COMPOSICIÓN
LOM ediciones. Concha y Toro 23, Santiago
TELÉFONO: (56-2) 688 52 73 | FAX: (56-2) 696 63 88
lom@lom.cl | www.lom.cl

Tipografía: *Karmina*

IMPRESO EN LOS TALLERES DE LOM
Miguel de Atero 2888, Quinta Normal

Impreso en Santiago de Chile

Ramón Díaz Eterovic

La ciudad está triste

A
Sonia, con amor,
esta novela de la época en que nos buscábamos,
con nuestros manuscritos bajo el brazo
y un futuro por compartir.

–Dime, Tom, ¿por qué estás triste?
–Por el mundo entero.
*–¿Quién no está triste por el mundo entero? Se
pone cada vez peor. Pero no puedes pasar la vida
entristecido por ello.*
–No hay ninguna ley que lo prohíba.

Ernest Hemingway,
Islas en el Golfo

1

Pensaba en la tristeza de la ciudad, cuando golpearon a la puerta, en las luces que esa tarde de invierno veía encenderse paulatinamente a través de la ventana y en las calles donde acostumbro a caminar sin otra compañía que mi sombra y un cigarrillo que enciendo entre las manos, reconociendo que, como la ciudad, estoy solo, esperando que el bullicio cotidiano se extinga para respirar a mi antojo, beber un par de tragos en algún bar de poca monta y regresar a mi oficina con la certeza de que lo único real es la oscuridad y el resuello de los lobos agazapados en las esquinas.

Había sido un día malo, con momentos llenos de tedio y ganas de ser otra persona, en otro oficio y otro mundo. A esa hora de la tarde no alentaba un cambio de suerte ni la llegada de mi hada madrina. Un día malo, como tantos desde hace tanto tiempo. Por la mañana, la resaca; al mediodía, caminar una docena de cuadras hasta sentir la humedad comiendo mis pies; y al final, llegar al despacho a estudiar el programa hípico o leer una novela policial adquirida a la rápida en una librería de viejo. En definitiva, lo de siempre. Dejar pasar otro día sin hacer mucho esfuerzo porque se note mi presencia. Ya hay demasiados en el ruedo que quieren matar al toro y muchos más que ni siquiera alcanzan a ubicarse en los asientos.

Los golpes se repitieron y luego de unos segundos la puerta se abrió, permitiéndome observar a una muchacha de unos veinte años. Morena, de cabellera larga y negra, y unos pantalones vaqueros que se ceñían sugerentes a sus muslos. Su rostro no era feo y, seguramente, acompañado de una sonrisa habría llamado la atención de muchos.

—¿El señor Heredia? —preguntó deteniéndose junto a la puerta.

—El mismo, adelante —respondí al tiempo que arreglaba el nudo de mi corbata, recordando el nombre escrito en la placa de acrílico que había hecho colocar en la puerta, diez años atrás, con un agregado de "investigaciones legales" bajo él, sin saber hasta esa fecha qué demonios quería decir con eso. De seguro provenía de los años en que dejé de estudiar leyes, porque comprendí que la justicia se movía por otra parte, amparada por la complicidad del dinero y el silencio. Entonces instalé el negocio. Nada importante que me haga ocupar portadas de revistas. Maridos celosos que quieren saber de sus mujeres mientras ellos están en sus trabajos o con sus amantes; muchachas descontentas que se escapan de sus casas y aparecen a los pocos días en la de alguna amiga; y en el mejor de los casos, algún robo al que la policía no le presta atención. No es demasiado en verdad, pero no me quejo. Me gusta lo que hago y creo que no son muchos los tipos que pueden decir lo mismo. Si no fuera así, habría puesto llave a mi oficina, regalado la pistola calibre cuarenta y cinco, y desde hace unos años vegetaría en un empleo público, esperando los fines de semana para salir a pasear en un auto pagado con interminables cuotas mensuales. Sí, me gusta lo que hago, y más aún, es grato sentir la libertad que poseo, sin que nadie me dé órdenes o a quien poner caras simpáticas por las mañanas.

—Necesito su ayuda —dijo la muchacha acercándose hasta mi escritorio atestado de papeles. Temblaba bajo su ropa y no era preciso ser mago para adivinar que había caminado largo rato en medio de la lluvia que empapaba la ciudad.

Le dije que tomara asiento y le ofrecí café. Me levanté y junto a la cafetera eléctrica busqué sin éxito un paquete de grano molido para preparar la bebida. Contrariado, revisé mis bolsillos y encontré en ellos solo un par de arrugados billetes de mil pesos. Era todo mi capital hasta la noche, en que, con un poco de fortuna, me devolverían un préstamo.

–Se terminó el café. La invito al boliche de la esquina y ahí me cuenta su problema –le dije.

Ella miró con recelo y titubeó.

–Es solo una taza de café –insistí, y mientras me incorporaba observé mi rostro reflejado en los vidrios de la ventana. Clamaba por una navaja, y mi cuerpo por una ducha caliente de quince minutos y una camisa limpia. No podía quejarme si mi aspecto no daba confianza. Jamás habría entregado una moneda de diez centavos al cuidado de un tipo con mi facha.

–No quisiera molestar, señor Heredia –contestó.

Le regalé la mejor de mis sonrisas y me puse el impermeable.

–No es molestia. Hace frío y a los dos nos vendrá bien beber algo caliente –le dije y enseguida agregué–: Por favor, no me llame señor. Con Heredia a secas basta y sobra.

El café era malo, pero al menos entibiaba el cuerpo. En el lugar me conocían bien porque todas las mañanas pasaba a desayunar y a comprar una cajetilla de cigarrillos, y cuando sentía hambre, bajaba de mi oficina a comer una salchicha con abundante mostaza o a beber un corto de coñac Tres Palos que, a pesar de saber mal, me calentaba hasta el alma, suponiendo que la tuviera.

–La escucho, tiene toda mi atención –le dije al tiempo que encendía un cigarrillo.

–Bueno, señor...

–Heredia, solo Heredia –interrumpí.

–La verdad es que no sé cómo empezar, Heredia.

–Comienza por decirme tu nombre. Tú ya conoces el mío.

–Me llamo Marcela Rojas y el problema que tengo se relaciona con mi hermana.

Su hermana se llamaba Beatriz y era dos años menor que ella. Marcela tenía veinte y trabajaba de dactilógrafa en una oficina de contabilidad. Beatriz estudiaba medicina y al parecer era la única que había tenido la oportunidad de estudiar, en un grupo compuesto por cinco hermanos y un padre viudo que intentaba llegar a viejo como funcionario de un Servicio Público.

Todo se daba más o menos normal en la familia. Quejas por el dinero, que nunca sobraba, y de vez en cuando una discusión familiar para mantener activos los nervios, aunque según Marcela el último tiempo eran más frecuentes las disputas entre Beatriz y su padre, las que invariablemente terminaban con una amenaza de expulsión de la casa por el lado del papá o de fuga por el de la hermana.

–Al final botó la esponja tu hermana y se fue de la casa –dije interrumpiendo un relato del cual creía conocer el final.

–Eso pensamos, aunque en verdad no hemos averiguado nada. Les preguntamos a sus amigas del barrio y no la han visto.

–¿Hablaron con sus compañeros de estudios?

–Ella conversa poco de sus cosas en la universidad, y con excepción de su amiga Teresa, no le conocemos amigos universitarios.

–¿Y qué dice Teresa?

–En su casa estuvo durmiendo las dos primeras noches. Durante la segunda le contó que estaba en problemas y quedó en retirar sus pertenencias al día siguiente. Pero no apareció.

–¿Y la idea de una fuga con algún pololo?

–Lo sabría. Ella me cuenta de esas cosas. Otras tal vez no, pero de sus romances me lo dice todo, lo que por lo demás no es gran cosa.

–¿Cómo así? –pregunté mientras reunía valor para terminar de beber el café y trataba de descubrir un dato que sirviera para atrapar la madeja.

–No era muy polola. Anduvo con un compañero durante el primer año, pero a él le fue mal en los estudios y volvió a su casa en San Aurelio.

–La isla de San Aurelio está lejos y solo se puede llegar a ella en barco o en avión –pensé en voz alta.

No se me ocurría qué demonios seguir preguntando, y hubiese preferido estar en el "Zíngaro", donde siempre encontraba un par de conocidos con quienes conversar de cosas sin importancia.

–¿Qué otra cosa han hecho para saber de ella? –pregunté finalmente.

–Fuimos a la Posta Central y avisamos a la policía de Investigaciones.

–¿Cómo les fue con esos?

–Mal. No prestaron mucha atención. Vamos todos los días a preguntar si saben algo y ni se acuerdan de qué se trata. Hay que repetirles la historia una y otra vez.

–Debe ser que están muy ocupados manteniendo el orden y la ley. En todo caso, no me estás contando la novedad del año, y lo importante es que decidieras venir a verme –dije calculando las posibles utilidades.

–Lo decidí yo, porque en mi familia no saben nada. Si se entera mi padre, las emprende conmigo. Cuando un compañero de trabajo me contó de su existencia lo comenté en la casa y mi viejo dijo que estaba loca de remate, que en la ciudad no existían investigadores privados, y que si los había serían unos embusteros.

–No es una opinión que levante el ánimo –dije herido en mi orgullo, pero bastó un sorbo de café para reponerme. Ya antes me habían dicho cosas iguales y tal vez peores. A menudo siento que estoy en una profesión sin futuro, mas siempre hay una copa a mano que ayuda a espantar esas ideas, y al fin de cuentas a nadie se le ocurre hablar de futuro en los tiempos que corren.

–Mi compañero de oficina sabía de varios asuntos solucionados gracias a su intervención.

–Nada del otro mundo seguramente. Tendré que pagar el porcentaje de publicidad que corresponda a tu amigo.

–¿Se interesa por el caso?

–Digamos que es un buen lío –respondí, ocultando que el problema me interesaba tanto como un tratado sobre la poesía de Catulo.

–Usted es nuestra esperanza. En la casa ya no sabemos qué hacer.

–No deberías esperar tanto de un sujeto como yo. Mis espacios de movimiento son limitados y la esperanza no es bueno dejarla en manos ajenas.

–Si es por sus honorarios, no se preocupe. Tengo unos ahorros.

–Eso no me preocupa –contesté, guardando para otra oportunidad mi tarifa de diez mil pesos diarios más gastos.

–¿Entonces acepta?

–Dame unos días y te informaré lo que averigue –le dije, y luego de sacar una arrugada tarjeta de mi impermeable, agregué–: En ese cartón está escrito mi número telefónico. Si aparece tu hermana, llámame.

Marcela se fue y quedé en el boliche con la imagen de su rostro pálido y sus cabellos mojados. Era una bella muchacha. Diez años atrás me hubiera enamorado de una mujer así, pensé, y me respondí que diez años era mucho tiempo.

Necesitaba pensar en el caso y dejar pasar unas horas hasta que llegara el momento de dirigirme al "Zíngaro". Llamé a García, el mozo del lugar, y le pedí un coñac al fiado.

Me trajo el pedido, probé un sorbo y me supo a veneno. Vendrán tiempos con marcas mejores, me dije como consuelo mientras el alcohol quemaba mis entrañas.

Una vez repuesto, saqué de mi chaqueta una libreta de apuntes. Sus hojas estaban en blanco y eso significaba el transcurso de varias semanas sin ocuparme de un trabajo. En verdad no necesitaba abrir la libreta para saberlo. En mi oficina se acumulaban las cuentas y cada vez costaba más convencer a la casera que le pagaría los meses de renta adeudados.

Pensé que la investigación sería fácil. Por un lado estaban los amigos de Beatriz y el antiguo pololo de San Aurelio; por otro, tratar de conocer sus actividades en la universidad. Anoté en la libreta el nombre de la hermana, y bajo él, San Aurelio con mayúsculas.

Leí lo escrito y me di cuenta de que empezaba mal el trabajo, pues ignoraba el nombre del pololo de Beatriz y no se me había ocurrido preguntárselo a su hermana. No importa, pensé, observando mi rostro reflejado en los espejos que colgaban de las paredes del restaurante; lo que necesitaba era saber si ella se mantenía en la ciudad y para eso lo primero era informarme en la oficina naviera y en las líneas aéreas existentes. Después conversaría con Teresa.

El plan de acción estaba trazado. Para movilizarme, solo me faltaba recuperar el dinero que había prestado. Tomé el vaso de licor, lo miré fijo, como a mi peor enemigo, y sin pensarlo dos veces bebí su contenido.

Más tarde, en la calle, tuve que reconocer que el aire frío del invierno me sentaba bien. Se refrescaban los pulmones y podía caminar sin temor de acalorarme las quince cuadras que me separaban del "Zíngaro".

2

El "Zíngaro" era lo de siempre. Un atolladero de humo, ruido y borrachos. En algunas mesas se jugaba al dominó y en otras, la mayoría, solo se tomaba. Un mesón largo unía los extremos del bar y a uno de sus costados se formaban tres o cuatro hileras de clientes que pujaban por alcanzar sus copas.

A la hora que llegué no era fácil conseguir un trago, pero tampoco venía con el ánimo de esperar demasiado. Los pies me pesaban y algo del frío de las veredas se filtraba por los hoyos de mis zapatos. Sin ninguna suavidad aproveché la ventaja de mi metro ochenta de estatura para introducirme a empujones entre los clientes. Uno de ellos trató de reclamar, pero le puse cara de malas pulgas y el tipo, luego de mirarme, prefirió guardar silencio. Le llevaba varios centímetros de ventaja y el hombre se dio cuenta.

Ya junto a la barra, acomodé mi humanidad sobre la madera oscura y sucia. Necesitaba algo para entrar en calor y se lo pedí al mesonero, esperando que mi amigo cumpliera su promesa y llegara a tiempo con el dinero. Bebí la copa de un trago y llamé al mozo para que la repitiera. Mientras lo hacía busqué en mi chaqueta los cigarrillos. Quedaba uno. Me lo llevé a los labios y luego de la primera bocanada de humo me dispuse a esperar observando a los demás bebedores. La mayoría eran rostros extraños, y los que conocía eran especímenes de los cuales no hay mucho que contar.

Repasé mentalmente las anotaciones de mi libreta y estuve de acuerdo en que las acciones a seguir eran las correctas. Recordé a un amigo que trabajaba en la policía y que a menudo me proporcionaba información. Todos los detectives privados tienen un amigo tira y yo no podía ser la excepción. Fue una de mis primeras preocupaciones cuando instalé el negocio, y por esas casualidades de las que uno nunca sabe, tropecé con Dagoberto Solís, mi mejor y más antiguo compañero de liceo, que, deseando hacer lo mismo que yo, había decidido irse por el lado donde a uno le entregan una placa de detective, y cada treinta días, un cheque medianamente jugoso. Con esos elementos se movía en la batea sin mayores sobresaltos, dejando que el trasero se le pusiese gordo y lento, como el de los políticos. En todo caso era mi amigo, y aunque más de una vez nos habíamos trenzado a golpes y puteadas, prevalecía un pacto amistoso que en numerosas ocasiones me había servido para salir de un apuro.

Con una moneda en las manos me dirigí al teléfono instalado a un costado de la entrada del bar. Marqué las siete cifras de rigor y desde el otro lado de la línea escuché la voz de Solís.

Lo saludé con un par de frases apropiadas para dorarle la perdiz y él escuchó pacientemente esperando el momento en que dejaría caer la petición. Al final, apremiado por los tres minutos que concedía el teléfono, le conté el problema.

—Quiero que investigues si por tu lado hay información sobre la joven —dije al término de mi historia. Me respondió que lo haría y le di las gracias, colgando el fono en el mismo momento en que el maldito aparato comenzaba a pitear como una suegra cascarrabias.

Apenas dejé el teléfono vi que entraba al bar mi amigo Pony Herrera, que debía aquel apodo a su afición por los burros. Se acercó a mi lado, sonriente, y yo crucé los dedos deseando que el dinero que le había prestado para jugar se hubiera multiplicado.

—Todos llegaron donde debían, viejo y querido Heredia —dijo a modo de saludo, y enseguida sacó un grueso fajo de billetes desde el bolsillo derecho de su chaqueta.

–¿Qué te parece esto, Heredia? –preguntó, abanicándose con los billetes, todos verdes y de a mil pesos.

–Si te los pasas por la cara te puedes pegar una infección –le contesté aparentando indiferencia.

–Puros aviones, compadre. No falló ninguno de los datos y tuve que conseguirme un saco para traer la plata.

–Me alegro, así puedes pagar lo que me debes, ya que estoy con los bolsillos planchados.

–Por supuesto, viejo y querido Heredia. Aquí está lo tuyo –dijo alargándome veinte billetes. Luego tomó otros cinco y agregó–: Estos son los intereses que te corresponden.

–No, eso no me pertenece –le respondí rechazando el dinero.

–Quedamos en que éramos socios, Heredia.

–Te equivocas. Solo era un préstamo y yo un sucio y vil prestamista que nunca hará sociedad con nadie.

–Tú no cambias. Siempre tratando de ser honrado.

–Honrado es una palabra que ya no usan ni en los libros.

–De eso no sé nada, Heredia. Pero si tú lo dices, te creo.

–No lo dudes ni te amargues. Tampoco te pongas triste ni se te ocurra dejar de invitarme un par de tragos.

–Los que quieras. Y esta noche en mesa, como caballeros, ya que por algo tu amigo tiene plata.

Y claro que la tenía, aunque no sé si bebimos como caballeros. Pony pidió una botella de JB, y mientras le dábamos el bajo, fue contando con pelos y señales cada una de las carreras acertadas. Lo escuché con atención, a pesar de que en mi estómago algo se inquietaba y no era el alcohol.

Cuando Herrera terminó de revivir las carreras, decidió que el licor no bastaba para celebrar tantas ganancias e insistió en que fuéramos a buscar un par de mujeres para pasar la noche.

–Tal vez otro día, Pony –le dije–. Hay cosas por las que no me gusta pagar.

–Tonterías, Heredia. Si no aceptas me embarras la noche.

–Nada de eso. La botella se acabó, así que ahora tú a lo tuyo y yo por mi lado.

–Al menos acepta que te invite un último trago en la barra.

Contra eso no tenía argumentos para oponerme. Fuimos a la barra, pero no bebimos una copa, sino tres. Cuando nos separamos, Pony estaba apoyado en el mesón tratando de conciliar un buen sueño. Salí tambaleando del "Zíngaro", prometiéndome no beber más. Sabía que era mentira, pero decirlo me daba la idea de poder mantenerme mejor en pie.

Miré a mi alrededor y no había nadie. La ciudad sigue triste, pensé, y escupí al suelo mi pena. No importaba. Era un ebrio con un caso que investigar, y aunque a nadie le importara, eso me hacía feliz.

3

A la mañana siguiente desperté con el ruido del teléfono. Estaba tendido sobre un sillón de felpa y cuando abrí los ojos me costó distinguir que las campanadas venían desde fuera de mi cabeza. Tomé el fono y pasados algunos segundos reconocí la voz de Solís.

–Tengo un hacha enterrada en la cabeza –contesté a su pregunta sobre mi estado de salud.

–No vas por buen camino –dijo Solís–. El alcohol se siente desde acá.

–Las prédicas déjalas para el domingo. Me interesa saber de la muchacha.

–No tenemos nada.

–Diantres, no es noticia para despertar a un fulano de madrugada.

–Son las once y ayer entendí que la información te apuraba –contestó Solís, siempre de buen humor y de seguro con una taza de café a la mano.

–¿Las once?

–Si no lo empeñaste anoche, mira tu reloj.

–Confío en tu palabra, y si quieres hacer bromas espera a que desentierre el hacha.

–Sería darte ventaja, Heredia. Prefiero dejarte solo.

–Si aparece algo nuevo, ¿te acordarás de tu amigo?

–Desde luego, y lo mismo vale para ti.

–Te lo agradezco. Si no fueras tan feo te llevaría un ramo de flores y te daría un beso –le contesté y él dijo algo irreproducible, relacionado con mi madre. Enseguida colgó el teléfono y quedé con el fono en la mano sin saber qué demonios hacer.

Sin embargo lo sabía. Me di una ducha y bajé a tomar café al boliche de la esquina. Mi cabeza no dejaba de girar y el fuerte sol de la mañana me golpeó con la suavidad de un martillo. Si Dagoberto no contaba con información podría ser que lo de Beatriz no pasara de un susto familiar. Pero tenía mis propias pistas y trabajar un poco en ellas no me provocaría catarro.

Lo primero era agotar el dato del antiguo pololo y para ello me dirigí a la única oficina naviera existente en la ciudad.

Después de aguantar una docena de preguntas y malas caras, logré llegar a una oficina que se dedicaba al control de los pasajeros. Me atendió un tipo que parecía no tener nada que hacer. Explicó que los registros de pasajeros se llevaban en forma computacional, y eso, por la expresión de su rostro, debía impresionarme. Pero para entonces ya conocía a muchos tarados que creían que con un computador se arreglaban todos los problemas del mundo. Ni como tema de conversación lo soportaba, razón por la cual decidí ir al grano.

—Deseo saber si una persona viajó a San Aurelio uno de estos últimos días.

—Uno de estos días es muy vago. El sistema necesita datos precisos. Barco, día, hora.

—Si supiera todo eso no necesitaría venir al zoológico. Sé que pudo viajar durante la última semana.

—No tenemos tiempo para un trabajo así —contestó el funcionario sin ninguna intención de trabajar por primera vez en su vida.

—Puede ser, pero también puede ser que salga de aquí y vaya a conversar con su jefe, y si él no me atiende, siempre existirá un gordo más arriba a quien plantearle una queja.

—Está bien, no se sulfure —contestó, poniéndose de pie para buscar unos listados que se hallaban en un armario.

–Aquí está la información del último mes –dijo, al tiempo que me mostraba los papeles.

–¿Los revisa usted o yo?

–Usted parece estar apurado –contestó, y tuve que reconocer que había dejado un buen blanco para que propinara el mandoble que acababa de darme.

Emprendí la revisión de los listados y al cabo de media hora llegué a la conclusión de que Beatriz no había viajado en barco. Se los devolví al funcionario y este preguntó si estaba la información de mi interés.

–No –le respondí, cortante, y el tipo ensayó una sonrisa de oreja a oreja.

–¿Y para qué deseaba ese dato? –preguntó queriendo revolver un poco más la herida.

–Eso no te importa –le contesté decidido a devolverle la mano. El hombre se enfureció y antes que tratara de echarme de su oficina, me dispuse a salir por mis propios medios.

–¿Qué se ha creído? ¿Quién es usted? –gritó enojado.

–El Llanero Solitario –respondí, cerrando con fuerza la puerta de la oficina. Cuando el fulano reaccionó ya me encontraba en la calle dispuesto a continuar la investigación en las líneas aéreas. En estas el trabajo fue más fácil pero con idéntico resultado. Recorrí las cinco aerolíneas que ofrecían viajes hasta San Aurelio y el único avance fue rayar un par de palabras en mi libreta.

Caminé un rato por las calles cercanas a la última oficina visitada, evitando aplastar a los numerosos vendedores callejeros que desparramaban sus mercaderías por el suelo, y cuando descubrí un restaurante que ofrecía precios convenientes entré a comer algo.

Mientras almorzaba, soportando el tufillo vinoso que impregnaba el lugar, decidí aceptar que Beatriz no había salido de la ciudad. Al menos no por los conductos habituales. Debía entonces recurrir a la amiga mencionada por Marcela. Revisé mi libreta y aprendí de memoria la dirección de su casa. Vivía en un departamento de la

Villa Resignación, y para llegar a ella en bus necesitaba a lo menos de tres cuartos de hora. Mi Fiat 600 estaba descompuesto y no tenía los pesos que se requerían para sacarlo del taller mecánico a donde lo había enviado a reparar.

Terminé de almorzar y me puse en camino. Por primera vez en el día la moneda cayó por el lado de mi fortuna, ya que logré encontrar a Teresa en su casa, unos minutos antes de que se marchara a la universidad.

–Tengo que devolver unos libros en la biblioteca. Si quiere me acompaña y conversamos en el camino –dijo, sin preocuparse de saber quién era yo.

–Conforme –respondí, y recordando que mis héroes favoritos acostumbraban a ser galantes me ofrecí para llevar los libros.

Salimos del departamento y en el ascensor le expliqué los alcances de mi investigación. Noté que se inquietaba al mencionarle mi actividad, pero logré tranquilizarla y que me contara los detalles de las dos noches que Beatriz había pasado en su casa. Saber eso no era novedad, solo servía para corroborar lo dicho por Marcela. Lo novedoso fue enterarme de que antes de partir, Beatriz le había pedido que se deshiciera de algunos papeles dejados en la habitación que ocupara. Interesado, le pregunté más sobre lo mismo.

–Papeles –contestó, y luego, demostrando preocupación, agregó–: ¿Seguro que usted no es de la policía o de otro organismo similar?

–Seguro. Ando mal, pero aún no llego tan bajo. Investigo por mi cuenta y por encargo de la hermana de Marcela –expliqué

–Documentos políticos –dijo mirándome a los ojos en busca de un gesto de confianza.

–¿Te contó si estaba metida en algún embrollo?

–Solo me pidió que destruyera los papeles, cosa que hice el mismo día que ella se fue.

–Al parecer tenemos algo que puede dar sentido a su desaparición.

–¿En qué está pensando?

–Aún en nada concreto. Solo tiro un poco de humo al aire.

–Parece preocupado.

–Lo estoy, pero ese es otro cuento. Tú que estudias con ella, ¿sabes si tenía un amigo en la universidad en quien confiara a ojos cerrados?

–Nosotras somos muy amigas. En el último tiempo me contó lo de sus peleas en su casa. La noté tan afligida que le sugerí venirse a la mía. Al principio no aceptó, pero la semana pasada llegó con sus cosas, sin explicarme nada en especial.

–¿Y otros amigos? –insistí.

–Alguna vez habló de un compañero que le gustaba y que le hacía los puntos. ¿Usted entiende?

–La verdad es que no mucho.

–Quiero decir que él pretendía conquistarla.

–La cortejaba, ¿es eso?

–Supongo que así se diría en su tiempo.

–Tan viejo no soy. Aún me faltan muchos años para acogerme a jubilación.

–No quise ofenderlo, pero se ve distinto.

–No me ofendes. A veces sobrevivir no es fácil y eso se nota.

–Sí, imagino que tiene razón.

–Ya es algo, porque estoy cansado de explicar mis motivos. Sin embargo no estoy aquí para contar mi vida ni robarte más tiempo del necesario. Creo que no es mucho más lo que puedes decirme, así que te dejo y espero tu llamada en caso de que se te ocurra algo nuevo –le respondí al tiempo que le entregaba una tarjeta de visita.

–¿No se interesa por el nombre del amigo de Beatriz?

–Demonios, claro que sí. Parece que con el tema de mi edad se me esfumaron las ideas.

–Se llama Pancho –dijo risueña.

–¿Pancho qué más?

–Francisco Valverde. Estudia en nuestra carrera y es inconfundible. Alto, colorín y no se saca nunca de encima una chaqueta de cotelé verde.

–Serías una gran colaboradora –le dije a modo de despedida.

Al dejar a Teresa eran más de las seis de la tarde. Me hallaba cerca de la sede universitaria donde estudiaba Beatriz, pero a pesar de eso decidí suspender el trabajo. Intuía que las cosas se darían con algún grado de dificultad y era preferible dejar un hilo suelto para tener de dónde jalar al día siguiente. El viejo Hemingway aconsejaba a los escritores jóvenes no secar el pozo de una vez, y aunque no escribía cuentos, aplicaba su consejo a mi oficio. Por lo demás, el cansancio se hacía presente y deseaba beber una buena copa de algo fuerte y reponedor.

Rumbo al "Zíngaro" discurrí una fórmula para recuperar el auto del taller. Era miércoles, día de carreras en el hipódromo, y si lograba ubicar a Pony Herrera mi negocio podría fructificar. Y al parecer estaba de suerte. A la salida del bar encontré a mi amigo en camino hacia una agencia de apuestas hípicas. Me vio llegar y me acogió a su lado con la misma efusividad del día anterior.

–Tengo una papa para la próxima carrera –dijo una vez que le explicara mi proyecto–. Los muchachos del corral la creen fija.

–Me interesa hacer una buena inversión.

–Lo es. Se llama "Say Les" y luce como avión.

–¿Cómo llegó en su última carrera?

–Décima.

–¡Décima! Estoy hablando de una inversión no de beneficencia.

–Los muchachos del corral ponen sus manos al fuego por la yegua, Heredia.

–Tendré que confiar. Te dejo diez mil pesos y se lo juegas a ganador.

–¿Tú no vas a la agencia?

–Ya no tengo uñas que comerme y mi corazón es frágil, como el de una heroína de teleserie.

–Por lo menos acompáñame. Cerca de la agencia hay un café de espectáculos donde puedes esperar. A tu corazón lo puedes animar viendo a un par de minitas bien provistas.

–De acuerdo –respondí, y nos pusimos en marcha.

El lugar indicado por Pony Herrera no era el apropiado para las prédicas del Ejército de Salvación. En su interior encontré una mezcla de luces rojas, mujeres semidesnudas y tipos sudorosos y calientes. Esperé a que mis ojos se habituaran a la oscuridad y me acerqué a un sitio desocupado junto a la barra que rodeaba el escenario donde actuaban las mujeres.

Las bailarinas eran hermosas, y cuando tuve una copa entre mis manos salió a bailar al escenario una rubia particularmente bella, de esas que salen en las revistas de modas y que uno le pide a Santa Claus para navidad. Bailaba con gracia y aproveché que se detuvo un momento para darle una mirada fija a los ojos con todo el deseo del mundo y un mensaje que ella captó de inmediato, porque al término del baile volvió a su camarín y después de unos minutos la tuve sentada a mi lado.

–¿Me das un cigarrillo? –preguntó buscando conversación.

–Los que quieras –dije, al tiempo que le alcanzaba mi cajetilla de Derby.

–Gracias –dijo, y miró hacia el escenario donde otra bailarina comenzaba a desnudarse.

Se llamaba Andrea y estaba en el café de espectáculos por lo mismo que todas las demás muchachas. Necesitaba un trabajo para vivir y lo único que había logrado era un poco de la mierda que arroja la ciudad para los que no tienen poder ni influencias.

–Podrías estar en otra parte –dije, y ella no pudo ocultar su incomodidad.

–Si no te agrado puedo irme –contestó sin ira, solo con una tristeza que parecía no tener fin.

–No es lo que piensas. No soy quién para venir a insultar. Te lo digo porque una mujer como tú se vería mejor en otro sitio. ¿Entiendes? –le pregunté, como si yo entendiera el afán de revolcarme a diario entre la escoria de la ciudad, procurando en vano modificar el final de la película de horror que nos tocaba vivir.

–No sé, pero me gusta cómo lo dices. Eres distinto, extraño.

–Es la segunda vez en el día que me lo dicen. Voy a comenzar a preocuparme –le dije. Luego sonreí y solicité una ronda de copas para los dos.

Después, mucho después, cuando las miradas y las palabras habían dejado sus huellas en nuestros ánimos, ella tuvo que volver a bailar. Era la más hermosa mujer que nunca conociera y prometí decírselo. Son lindas palabras, me contesté, reconociendo que algo, en alguna parte de mi corazón, se estaba soltando.

Andrea me daba un beso en los labios cuando sentí que me tocaban en un hombro. Miré a mis espaldas y la sonrisa franca del Pony Herrera ocupaba todo el panorama.

–Te lo dije, Heredia. Fue un robo en despoblado –gritó, agitando el diario que portaba en una de sus manos.

–Explícate.

–Pagó a razón de treinta a uno. Te toca un buen turro de billetes.

–¿De qué se trata? –interrumpió Andrea.

–Enseguida te cuento –le contesté, y así lo hice mientras Pony bebía una piscola.

–Tienes suerte –exclamó Andrea al término de la historia.

–Tú lo sabes mejor que nadie –le respondí.

–Compadre, aquí hay fuego y no quiero quemarme –dijo Herrera al ver que Andrea volvía a besarme.

–Hoy es mi día de suerte –le respondí.

–Entonces te doy el dinero y te dejo con tu suerte.

Pony se marchó y con Andrea seguimos conversando hasta que llegó la hora de cerrar el negocio. Le dije que la invitaba a comer y ella aceptó. Me sentía feliz y resolví aprovechar ese sentimiento porque sabía que al otro día costaría encontrarlo. Cuando la comida terminaba, Andrea insinuó su deseo de quedarse conmigo. La miré a los ojos y supe que ella estaba tan sola como yo. No era un delito compartir nuestras soledades por unas horas. Así se lo dije por la mañana, antes de separarnos.

No le hablé de volver a vernos, pero ella supo que lo haríamos. Más tarde, en la oficina, cambié mis ropas y salí a buscar el Fiat al taller mecánico. Al tener de nuevo su volante entre mis manos comprobé que él se alegraba de verme. Pensé en Andrea y aceleré el vehículo. No me encontraba tan solo.

4

Estacioné frente a la sede universitaria donde estudiaba Beatriz, y me acerqué a una casona en cuyo frontis leí: "Casino". Junto a la puerta de entrada conversaban algunos alumnos y a uno de ellos le pregunté por Valverde. Al parecer el muchacho tenía su fama, ya que de inmediato unos estudiantes me informaron que se encontraba en el interior.

Tal como había dicho Teresa, Pancho Valverde era inconfundible. Flaco, alto y con una mata rebelde de cabellos rojos cayéndole sobre los hombros. Me bastó una mirada para reconocerlo entre otros alumnos que rodeaban una mesa cubierta de libros, cuadernos y envases de bebidas. Interrumpiendo la charla me presenté, y antes que terminara de hablar, Pancho se puso pálido y sugirió sentarnos en otro sitio, apartado de sus compañeros de estudios. Lo hicimos en una mesa lejana y le ofrecí una taza de café que él mismo se encargó de comprar en el mesón de atención del casino.

—No sé nada —balbuceó una vez que terminé de contarle mi historia. Luego, intentó ponerse de pie.

—No te espantes tan rápido —le dije reteniéndolo de un brazo—. Solo estoy hablando sin intención de poner un fierro en la punta de tu nariz.

—¿Qué quiere saber?

—Todo —le contesté, y sin mucho entusiasmo me contó que no había visto a Beatriz en los últimos días. Confesó que ella le agradaba y que durante un tiempo intentó conquistarla, sin éxito.

–Por culpa de Fernando y de las ideas que le puso en la cabeza –agregó y noté que el muchacho hablaba por una herida abierta.

–¿Qué Fernando y qué ideas?

–Fernando Leppe, un compañero de la Escuela. Y las ideas, bueno, usted sabe.

–Ni medio. Si supiera algo estaría bailando en otra fiesta y a otro ritmo.

–¿Cómo sé que usted no es de la policía? –preguntó dejando de lado la taza de café.

–Te expliqué que funciono por mi cuenta. De no ser así no estarías conociendo tanta diplomacia de una sola vez.

Pancho recorrió con una mirada las mesas que nos rodeaban y comprendió que no tenía otra opción que la de confiar.

–Me refiero a ideas políticas. Durante un tiempo nos llevábamos bien. Un paseo y un par de fiestas, pero apareció Leppe y ella se transformó. Empezó a hablar de cosas como democracia, justicia, derechos humanos, y se metió en asuntos no muy bien vistos en este tiempo. Onda roja, usted entiende.

–Esas palabras me parece haberlas escuchado en algún discurso, o tal vez me las enseñaron en el colegio.

–Lo que trato de decir es que ella estaba metida en cahuines políticos.

–¿Qué tanto?

–A menudo hablaba de reuniones y asambleas. Mucho más no sé. Llegó un momento en que no me dejó meterme en sus asuntos.

–¿Y tú querías meterte en sus asuntos? –le pregunté, pero el muchacho estaba muy verde para entender el doble sentido de mis palabras.

–No, por eso me alejé de ella y de sus amigos.

–¿Qué amigos?

–¿Seguro que no es rati? Los rogelios no me simpatizan, pero tampoco les deseo hacer daño.

–Maldición, muchacho, te repites. Solo quiero saber cómo y por qué desaparece una muchacha de su casa sin que nadie sepa dónde está.

–¿Usted cree que es un asunto político?

–Aún no creo nada. Con alguien debe estar Beatriz y los nombres de sus amigos me pueden ser de utilidad para encontrarla. Eso es todo.

–No quiero problemas. Averigüe con Fernando –contestó molesto.

–¿Se encuentra aquí, en la sede?

–¿Quién sabe? Hace varios días que no lo veo.

–¿Y eso no te inquieta?

–No tengo motivos ni interés.

–¿Y qué puede inquietarte?

–Que no me dejen tranquilo –respondió. Me dieron deseos de pegarle una trompada, pero preferí cambiarla por un par de preguntas que me permitieron saber que en la Secretaría de Estudios de la sede obtendría la dirección de Leppe.

Sin detenerme en ceremonias de despedida me dirigí a la Secretaría de Estudios, donde atendía una mujer de unos cincuenta años, amable y risueña, que cada treinta segundos terminaba con los anteojos colgando en la punta de su nariz.

–Desde su detención hay muchos interesados en Leppe –dijo luego que la pusiera al tanto de mis propósitos.

–¿De qué detención habla? –pregunté soportando el balde de agua que me estaba cayendo encima.

–¿No leyó los diarios?

–En los últimos días, no.

–Bueno, da lo mismo. No es mucho lo que dicen.

–Me pilla en pampa. Lo que diga será para mí como el descubrimiento de la pólvora.

–Lo secuestraron antenoche. Nos enteramos por algunos alumnos que hicieron la denuncia. Primero se habló de detención por parte de la policía, pero esta negó tenerlo en sus dependencias.

–¿Se sabe si hay alguien más desaparecido?

–Al parecer sí.

–Qué extraño. Hace un rato hablé con un compañero de Leppe y no sabía nada.

–¿Quién era?

–Valverde.

–Ese pajarito no sabe en qué rama se encuentra parado.

Me gustaba el estilo de la mujer. Era clara, directa y sin pelos en la lengua. Supuse que por eso sería apreciada en la Escuela y se lo dije una vez que me entregó la dirección de Leppe.

La mujer se sacó los anteojos y quedó viéndome fijo con sus ojos celestes y grandes que parecían mirar todo el mundo de una sola vez. Me entraron ganas de darle un beso en las mejillas, pero estaba atrasado y debía ponerme a correr. Sin perder más tiempo, abandoné la sede universitaria rumbo a la casa de Leppe.

El asunto me preocupaba. Intuía que era algo distinto a lo hecho hasta ese momento. La palabra política sonaba con frecuencia, y si bien es cierto que a mí esas cosas cada día me interesan menos, no por eso dejo de darme cuenta de lo que pasa a mi alrededor; y a veces, cuando en el callejón mugriento donde vivo han muerto a alguien, por más que no lo quiera, tengo que aspirar el olor nauseabundo de los criminales.

Algo andaba mal y no tenía otra posibilidad que seguir revisando el gallinero hasta descubrir a la gallina de los huevos podridos.

La casa de Leppe era pobre, oscura y fría. Al llegar salió a recibirme una mujer que, entreabriendo la puerta, preguntó qué deseaba. Le respondí y la cerró sin decir nada. Minutos después se volvió a abrir, y esta vez un hombre bajo, de espalda ancha y bigote cano, ocupó el umbral.

Por cuarta vez en el día repetí mi historia. Al terminar, el hombre dijo ser el padre de Fernando y me hizo entrar a una habitación en la que se encontraban cuatro muchachos, sentados alrededor de una mesa.

Ninguno miró con cara de querer ser mi amigo, y pensé que ese no era el lugar que elegiría para ponerme a tejer chalecos.

—Son amigos de Fernando —dijo el hombre luego de ofrecerme asiento.

Conté lo averiguado en la universidad y el padre de Leppe confirmó la veracidad del secuestro de su hijo. Luego observó a los muchachos buscando confirmación para la confianza que me daba, y agregó otros detalles.

Su hijo venía llegando a la casa, acompañado de Carlos y América, cuando fueron interceptados por un grupo de hombres que se movilizaban en dos vehículos lujosos. Portaban metralletas y sin explicación alguna procedieron a subirlos a uno de los autos, menos a Carlos, que forcejeó con sus captores, logró zafarse y corrió hasta la casa.

—Alertado por Carlos salí a la calle —añadió el padre—. Enfrenté a los hombres pidiendo que se identificaran, y lo único que conseguí fue un fuerte golpe en la cabeza. Iban a entrar a la casa, pero desde el interior de uno de los autos se escuchó una orden de mando que les hizo cambiar de idea. Subieron a los vehículos y se alejaron. Desde entonces no hemos sabido nada de Fernando ni de su amiga. Eso fue por la tarde. Dejamos pasar un par de horas y enseguida ubicamos a un abogado conocido. Él nos ayudó a colocar un recurso de amparo.

—Un saludo a la bandera —acoté sin mucho tino.

El silencio se hizo espeso por algunos minutos. Saqué cigarrillos y se los ofrecí al padre de Fernando. El hombre cogió uno y mientras se lo encendía le pregunté por Carlos, el amigo que acompañaba a su hijo.

—Yo soy Carlos —dijo el muchacho que ocupaba un extremo de la mesa.

—Todas las cosas tienen un motivo. Me gustaría conocer tu versión —le dije.

—Fernando es delegado de los alumnos en su Carrera. Ha llevado la voz cantante en la agitación de algunos problemas, y eso no se perdona. No estoy en la universidad. Soy su amigo del barrio y solo sé lo que él me ha dicho.

—Hace unos días contó que lo andaban siguiendo —interrumpió el padre—. No quiso darle importancia, pero lo noté preocupado.

—Es probable que así haya sido. Los cerdos se revuelcan en el barro antes de arremeter contra el afrecho.

—¿Usted habló de una joven? —preguntó el padre.

—Lo hice —respondí, y enseguida pregunté si conocían a la joven que llamaban América.

—La vi por primera vez el día de la detención —contestó Carlos—.Con el Nano nos encontramos en la micro y venía con ella. Dijo llamarse América y no habló nada en todo lo que duró el viaje.

—A la casa vino un par de veces en los últimos días —acotó el señor Leppe.

—¿La puede describir?

—De mediana estatura. Morocha, de ojos oscuros y cabellos largos. Bastante bonita y algo tímida —contestó, y maldije al darme cuenta que había olvidado pedir a Marcela los detalles físicos de su hermana. No era una buena manera de trabajar, pero tenía remedio. Di por finalizada la conversación, anoté mi teléfono en un papel y se lo entregué al señor Leppe indicándole que me comunicara cualquier novedad respecto de su hijo y la amiga que lo acompañaba al momento del secuestro.

Necesitaba ordenar mis ideas y para eso no existía mejor lugar que mi oficina.

Al llegar encontré el desorden y las cuentas habituales, más dos cartas que abrí sin mucho entusiasmo. La primera era de un tipo que deseaba cobrar unas deudas de juego impagas y ofrecía un cheque gordo por mi trabajo. La segunda pertenecía a la señora Hansen, una anciana de origen alemán que vivía en el piso superior y rogaba que la ayudase a recuperar a Bartolomé, su perrito pekinés extraviado el día anterior. Boté las cartas al papelero ubicado junto al escritorio y pensé que los perros que deseaba hallar no eran tan finos. Luego busqué en el escritorio la botella de *Ballantines* que guardaba para las emergencias y puse en un vaso la cantidad suficiente para un buen trago.

Me disponía a vaciar el segundo vaso cuando sonó el teléfono. Reconocí la voz de Marcela, y sin querer alarmarla antes de tiempo, le pedí que viniera a mi oficina con una foto de su hermana.

Una hora más tarde observaba el retrato con detenimiento. A menos que el padre de Leppe fuera un miope inconfeso, no quedaban dudas. Beatriz y América eran la misma persona.

Ofrecí un trago a Marcela y ella lo rechazó. Sin hacerle caso, alcancé un vaso, puse en él dos dedos de licor y se lo entregué a la muchacha.

—Lo vas a necesitar —le dije. Bebí un sorbo de mi vaso y en tres minutos tiré afuera lo que sabía. El resto de las dos horas que Marcela estuvo en la oficina lo ocupé en secar sus lágrimas y convencerla de que continuaría la investigación.

—La encontraremos —le dije mientras esperábamos el bus que la transportaría hasta su casa.

Después, cuando el vehículo se perdió en la distancia, me sentí cansado y con deseos de olvidarme de todo. Encendí un cigarrillo y anduve las cuadras que necesitaba para pensar y llegar al cabaré de Andrea. Con ella bebí las copas que me faltaban para conservar el equilibrio y cuando terminó su trabajo fuimos a un café autoservicio a comer basura envuelta en papel encerado. Lo suyo tampoco andaba bien y hablar un par de palabras nos sentó de maravillas.

Estaba cansada y era la mujer cansada más hermosa que jamás había conocido. Lo comprobé horas más tarde, en mi departamento. Mientras fumaba un cigarrillo, metido en la cama, ella se fue desnudando lentamente. Su ropa iba quedando ordenada sobre una silla y mis ojos, ávidos, la recorrían entera.

Si los ángeles existían, se le parecerían, pensé cuando se tendió a mi lado y sentí el cálido contacto de sus pechos.

Acaricié su espalda, sus caderas suaves, y solo detuve mis manos con un beso largo que cubrió algo más que su boca.

5

Andrea dormía a mi lado. Sin despertarla, observé su cabellera rubia que se extendía por mi pecho. Cerré los ojos y volví a abrirlos para convencerme de que todo era real. Ella estaba donde mismo. Seguí el fuego de su cuerpo hasta que la cama fue un precipicio y mi mirada saltó a la cuarenta y cinco que colgaba del respaldo de una silla. También parecía dormir, pero su boca negra era un ojo alerta, y en ese momento me recordaba que Marcela Rojas confiaba en mí, a pesar de lo poco que podía hacer. Quienes dirigían la ciudad se reservaban el juego sucio entre las manos y no se necesitaba mucha imaginación para saber de dónde provenía la violencia. El poder avasallaba la verdad y yo tendría que verme las caras con ese poder.

Nadie me obligaba a mover un músculo. Nadie pediría cuentas, pero existía una muchacha a la que no podía defraudar.

Con sigilo, evitando hacer ruido, me vestí y salí del departamento en busca de un café. Eran las seis de la mañana. El barrio se llenaba de una luz opaca y el aire helado rebotó en mi rostro como una cachetada.

Terminaba de fumar el primer cigarrillo cuando entró al boliche un niño que ofrecía los diarios y revistas del día. Lo llamé y el canillita dejó sobre la mesa un montón de periódicos. Al azar cogí el primer pasquín que se adhirió a mis dedos. Pagué la compra y extendí el diario encima de la mesa.

Lo primero que vi fue la foto de una rubia de pechos generosos que sonreía prometiendo los placeres del infierno. Sobre la foto, un gran titular, escrito en letras rojas, anunciaba la victoria de un equipo de fútbol, y en un rincón de la portada, otro titular, más pequeño, terminó con la tranquilidad del desayuno.

"Encuentran cadáver en sitio abandonado", leí, y sin pensarlo dos veces busqué la página en la que se ampliaba la información de portada. En un patio vecino a la estación de ferrocarriles habían hallado el cuerpo de un joven, aún sin identificar, que presentaba múltiples heridas en el cuerpo. Eso era todo, además de informar que la noticia se había conocido al cierre de la edición y que la policía efectuaba las primeras investigaciones.

Nada justificaba pensar en Leppe, pero lo hice. Solicité el teléfono del cafetín y de inmediato me puse al habla con Dagoberto Solís.

–Se trabaja en el asunto. No estoy asignado al caso, pero si tienes alguna pista buena, puedo hacerlo –dijo, seguro de que no le llamaba para preguntar por su salud.

–Solo una tincada, Dagoberto.

–Lo que sea, lárgalo –exclamó, y sin entrar en detalles le di la dirección del señor Leppe.

–Lo iremos a buscar. En dos horas nos vemos en el lugar –dijo Solís antes de cortar la comunicación.

Bebí de prisa el café y volví al departamento. Andrea seguía durmiendo. Su cuerpo desnudo era una irresistible invitación a tenderse a su lado y acariciarlo hasta verla despertar. Pero eso tuve que dejarlo para otra ocasión. En una hoja escribí un par de frases explicándole mi partida y pidiéndole que nos viéramos por la noche en el cabaré. Después bajé a la calle y luego de unos minutos de lucha conseguí que el Fiat arrancara a tranco de mula con hipo.

El lugar del encuentro con Solís era un patio enorme donde se arrumbaban carros de trenes en desuso. El óxido y la humedad dominaban cada vagón, y aunque no se trataba del mercado de las pulgas, el sitio estaba repleto de gente que se movilizaba de un lado a otro. Uniformados que esperaban no sé qué, reporteros que trataban de obtener una buena noticia y un grupo de hombres de civil que formaban un círculo alrededor del bulto cubierto por una añosa lona gris.

No necesité caminar mucho para comprobar que mi intuición había sido tan certera como las flechas de Robin Hood. El padre de Leppe se hallaba de pie junto al bulto, con la mirada fija en el suelo y un cigarrillo en los labios que no atinaba a encender. Dagoberto me vio llegar y se aproximó a mi lado.

—Buscamos a tu hombre y el cadáver es de su hijo —informó después de saludarme.

Le iba a contestar, pero en ese mismo momento el señor Leppe me reconoció. Lo saludé farfullando un par de palabras que deseaban ser de consuelo, pero que no pasaban de ser un ruido indescifrable.

—Es horrible. No sé cómo pudieron hacer algo así. Era solo un muchacho, mi muchacho —dijo el hombre.

El cómo se lo habría podido explicar poniendo duro el estómago, pero más me interesaba el quién. Solís hizo una seña y me acerqué a ver el cadáver del muchacho. Dos hombres descorrieron la lona y no pude evitar una mueca de espanto. Estaba semidesnudo. Aún llevaba puesto los pantalones, pero sus pies y el torso se veían descubiertos. Una mancha de sangre a medio secar cubría su pecho y desde el vientre hasta el final del cuello lo atravesaba un tajo profundo, acompañado de otros más cortos que se perdían tras la espalda.

Sentí ganas de vomitar y solo la presencia de Solís me contuvo. Antes que lo volvieran a tapar observé que los ojos del muchacho seguían abiertos y que desde su nariz escurría un hilillo de sangre que llegaba a juntarse con el pozo rojo de su boca entreabierta.

—No se fijaron en detalles. Lo degollaron —dije a Solís, sin encontrar las palabras que expresaran toda la ira que sentía en ese momento.

—Se dieron su tiempo. No es habitual en delincuentes comunes.

—Los delincuentes comunes no suelen secuestrar jóvenes a la entrada de sus casas.

—¿Qué quieres decir? –preguntó Dagoberto.

—Nada que no debas saber –dije, rabioso–. ¿O acaso ustedes los tiras esperan que aparezcan los cadáveres para preocuparse de los secuestros de unas personas?

—No sé hasta dónde quieres llegar, pero comienza a molestarme tu tono, Heredia.

Deseaba descargar mi impotencia contra alguien y Solís era el más cercano.

—¿Te molesta mi tono? Y la muerte del muchacho, ¿te da lo mismo?

—Mierda, Heredia, te advierto...

—A mí no me digas nada. Solo quiero que hagas un par de preguntas a tus amigos del Servicio de Seguridad –le respondí indicando a los tipos de civil que, portando vistosos brazaletes amarillos, se dedicaban a merodear por el lugar.

—¡No son mis amigos!

—Tal vez sea así. Aún no me he dado tiempo para revisar tu agenda.

Pretendía agregar algo más, pero un puño en el mentón me hizo olvidar las palabras. Trastabillé y tuve que apoyar una rodilla en el suelo para evitar la caída total.

—Déjate de pendejadas y hablemos claro –dijo Dagoberto, al tiempo que observaba la mano con la que acababa de golpearme. Luego, llamó a dos de sus subordinados y les ordenó que me mantuvieran vigilado hasta el término de las pesquisas.

Sentado en el asiento posterior del vehículo de Solís, fumé tres cigarrillos antes de verlo aparecer de nuevo. No le guardaba rencor. Éramos demasiados amigos como para ello, y si lo analizaba con más calma, debía reconocer que su golpe había tenido la virtud de aquietar mi ánimo, devolviéndole a mi sangre su temperatura adecuada.

—¿Lo fichamos? –le preguntó uno de mis guardianes cuando vio que Solís me observaba a través de la ventanilla del auto.

—No, no vale la pena gastar papel ni energías –le contestó Dagoberto. Enseguida, ordenó que nos dejaran solos y se acomodó junto al volante de su vehículo, al tiempo que con un gesto me indicaba que me sentara a su lado. Seguí la sugerencia y Solís abrió la guantera, sacando desde su interior una rolliza botella de *Five Lords*.

–Toma, no es de tu marca favorita, pero pasa igual por el gaznate – dijo, entregándome la botella.

Bebí un sorbo y se la devolví.

–Veo que mejoran tus modales –le dije, esbozando una sonrisa mientras veía a Dagoberto empinar la botella.

–Algo se aprende con los años, y además, cuando uno conoce al burro sabe cómo sacarle trote –respondió, devolviéndome una vez más la botella.

–Debo reconocer que estás pegando un poco más fuerte que en el colegio –le dije y volví a repetir la ceremonia de acercar la botella a mis labios. Entre los méritos del whisky estaba el de calmar los ánimos; lo sabía muy bien, porque muchas disputas las había arreglado bebiendo hasta sentirme amigo del mismísimo demonio.

–Como caricia para conservar la imagen no estuvo mal. Espero que entiendas y podamos conversar sin tanta inútil agresión entre líneas.

–No te preocupes. En el orfanato tuve un profesor que me golpeó varias veces e igual boté algunas lágrimas cuando él murió.

–Entonces es hora de que me digas de dónde surgió tu tincada respecto a que el muerto podía ser el joven Leppe.

–¡Al fin pones algo cuerdo en el tapete!

–¿Está relacionado con la muchacha que buscabas?

–Pensé que lo sabías.

–Olvidas que mi trabajo tiene que ver con homicidios.

–Y mientras el chancho no está fiambre no te interesa lo que ocurra en la granja.

–Ese es un punto de vista que prefiero no comentar por ahora. Mejor cuéntame lo que sabes y de paso, acaba con esto –contestó pasándome una vez más la botella, que contenía lo justo como para darse un trago de ocho segundos. Me sequé los labios y relaté mis andanzas hasta el punto de la entrevista con el padre de Fernando Leppe.

–Si le pusiéramos agua, no estaría más claro –le dije al término de mi historia.

–Conversándolo entre nosotros, sí. Pero si salimos a la calle con ese cuento nos cortan las alas en tres segundos.

–¿Y la justicia de esta ciudad?

–Estamos hablando en confianza, no haciendo discursitos para la prensa.

–A pesar de tu placa, usamos el mismo lenguaje.

–No es la primera vez que veo la película. Sé cómo tratar el asunto de Leppe. Calma y tiza.

–Tenemos antecedentes para escarbar la olla hasta el fondo.

–El problema contigo, Heredia, es que lees demasiadas novelitas. Te dije que antes he estado en situaciones similares. Te pones a hacer una pregunta, luego otra, y cuando deseas lanzar la tercera, te llama el jefe de más arriba y te dice que eres un buen funcionario. Pregunta por tu familia y enseguida te sugiere archivar la carpeta del caso porque hay tipos poderosos a los que les está dando comezón.

–¡Toda una novedad!

–Sabes cómo están las cosas. No es la primera vez que se sabe de tipos que tiran de chincol a jote en nombre de la patria. Mi escritorio está repleto de denuncias que no se pueden investigar, informes a los que no se les cree una coma, resultados de autopsias adulterados y cientos de papeles a los que solo se les tira polvo encima.

–No me agrada la melodía que escuchas, Dagoberto.

–Tampoco a mí. Ya hemos hablado de eso en otras ocasiones. No deseo justificarme, pero bien sabes que los tiempos no están para cocer bollos. Me agrada mi profesión y pretendo llegar con mi pellejo intacto hasta los ochenta años.

–Nadie es perfecto y espero que algún día cambies de idea. Aunque no me hago ilusiones ni te culpo. Al parecer, si se quiere sobrevivir, hay que acostumbrarse a lamer una cuota de culos al mes. Lo malo es que algunos sujetos lo hacen tan bien que uno no sabe si lo hacen por necesidad o porque le han tomado el gustito. Conozco a algunos empleados públicos que podrían dar cátedra sobre el tema.

–Por lo que me toca, diez años atrás te habría volado los dientes. Hoy, sé que no toda el agua que se bebe es pura.

–Bonita frase. Si por ahí encuentro a Mailer se la vendo.

–También puedes decirle que hace tiempo dejé de leer las historietas de Rin Tin Tin.

–Esa es la diferencia entre nosotros –contesté y no hablé nada más hasta que Solís me dejó frente al edificio donde tengo mi oficina, en las esquinas de las calles Bandera y Aillavilú. Le hice prometer que investigaría el asunto y él aseguró que llegaría hasta donde pudiera. Más no podía pedirle. Los tipos buenos no abundan, y pese a todo, Dagoberto Solís lo era y convenía tenerlo en circulación.

En el departamento encontré la soledad habitual. Pensé en Andrea y me dirigí al dormitorio. Pero ella ya no estaba. Había dejado la cama ordenada y sobre esta una nota llena de esas cosas que escriben las mujeres enamoradas.

Dejé de lado el mensaje y pensé que tenía dos caminos a elegir respecto a la búsqueda de Beatriz. El primero, llamar a Marcela, decirle que todo había acabado y luego darme a los tragos hasta tener el coraje suficiente para mirar el espejo sin sentir náuseas. El segundo, seguir en la huella, a pesar de lo dicho por Solís y de la certeza de estar hundiéndome en un pozo negro.

Dos horas más tarde salí en busca de Herrera, al que encontré en el "Zíngaro", jugando a los naipes con un par de malevos jubilados que luchaban tenazmente por mantenerse sobre sus sillas.

–Necesito tu ayuda –le dije, apartándolo del juego.

–Espero que valga la pena –dijo–. La partida se está dando bien.

–Al demonio el juego y tus posibles ganancias. Con ciegos también puedo ganar un concurso de tiro al blanco.

—Se hace lo que se puede. La vida no siempre otorga buenas manos.

—Menos melodrama, Pony.

—Entonces desembucha tu bolero, tipo duro.

Le expliqué lo que deseaba. Pony, conocido en el ambiente hípico como datero de los buenos, tenía entrada en ruedas a las que llegaban agentes y colaboradores de ciertos servicios de seguridad. Servicios que, aunque nadie lo había dejado por escrito, existían dedicados a investigar y reprimir a los adversarios políticos. Los que mandaban en la ciudad no escatimaban recursos para proteger a la vaca de ubres enormes de la que mamaban complacidos; y para eso usaban a un buen número de profesionales fanáticos y a otros tipos capaces de vender a sus madres por un par de billetes.

—Me pides correr en pista pesada —dijo Pony.

—Quiero que des un paseo y que si encuentras a alguien con la boca abierta, aproveches de tirarle la lengua hasta que se le vean los riñones.

—Lo haces parecer divertido y no lo es. Sin embargo, cuenta conmigo, siempre y cuando me des algunos mangos para el camino.

—Rompo mi alcancía por ti —le dije, al tiempo que le entregaba unos billetes que guardó en su chaqueta. Después volvió al juego de naipes, que le permitiría juntar algunos pesos para apostar en las carreras de caballos.

—Cualquier cosa que sepa, te llamo o paso por tu oficina —dijo al despedirse.

—Cualquier cosa será oro de buena ley —le respondí

6

Andrea me aguardaba en la entrada del "Caribe Show". La saludé con un tibio beso en los labios y dejé que se colgara de mi brazo. Quería caminar a su lado y contarle lo ocurrido desde nuestra última separación. Ella aceptó mi propuesta y en algo de más de diez cuadras le hablé de Leppe, Beatriz y de Marcela, quien me había llamado por teléfono después de enterarse por la radio de la suerte corrida por el amigo de su hermana.

—Podía imaginarla al otro lado del teléfono aguardando que mis palabras le dieran la esperanza de que su hermana no tendría el mismo destino —le dije a Andrea en el momento en que llegábamos frente a la puerta de su casa.

Me invitó a pasar, pero rechacé la invitación pretextando un cansancio que no era tal, sino más bien el deseo de estar a solas con mis pensamientos. Nos despedimos, y cuando llevaba caminadas tres cuadras en dirección a mi departamento me percaté que un vehículo blanco seguía mis pasos. Traté de reconocer a sus ocupantes, pero la iluminación era mala y sus rostros solo eran sombras borrosas. Para comprobar la persecución, doblé en la primera esquina que salió a mis pasos y entonces ya no tuve dudas.

El automóvil dobló en la misma dirección, y antes de idear un nuevo recurso para eludir la persecución, escuché que aceleraba y en cosa de segundos frenaba a mi lado, descendiendo de él cinco hombres que, a simple vista, no buscaban entrevistarme para la televisión. Intenté correr, pero mi estado físico no es de los mejores, y maldiciendo que la buzarda me pesara como un saco, decidí hacer frente a mis atacantes. Busqué bajo el brazo la pistola, mas antes de cogerla, un golpe en la espalda me hizo trastabillar y caer contra una pared.

Me repuse y alcancé a esquivar un puño que se dirigía recto a mi rostro. Cuando intentaba una respuesta, otro golpe, centímetros más abajo del vientre, me dobló en dos, y enseguida sobrevino un interminable recibir de golpes y puntapiés que me daban cuatro de los tipos, mientras el restante, al que erróneamente uno de sus amigotes llamó con el apellido Carmona, me decía que dejara de meter la nariz en lo que no me incumbía.

La paliza pudo durar cinco minutos o una hora y habría dado lo mismo, ya que después de sentir que me tragaba un diente, los demás golpes los recibí con la resignación del millonario al que le están pagando el gordo de la Lotería.

Terminada la función me dejaron solo, tratando de recordar el número de mi carné. Dejé pasar varios minutos antes de intentar un movimiento. Al hacerlo, sentí que todos los huesos me dolían y comprendí por qué algunos dicen que el mundo se tambalea. Los tipos conocían su trabajo, pero la advertencia, más que asustarme, me hizo desear encontrar a cada uno de ellos por separado en algún callejón oscuro.

No estaba lejos de la casa de Andrea y decidí llegar a ella antes de que mi cuerpo pidiera quedar botado en una esquina.

Desperté en su cama, desnudo, recibiendo el calor de una estufa cercana y los cuidados que ella me daba al pasar un paño húmedo sobre mi rostro.

—Si te quedas quieto dolerá menos —dijo al verme recobrar el sentido. Luego contó que con sus compañeras de casa había logrado llevarme hasta su dormitorio. Lo demás se lo expliqué brevemente, agradeciéndole la voluntad de arrastrar un bulto tan pesado.

—¿Se ve muy feo? —le pregunté una vez que puse fin a mi relato.

—No mucho, pero debe doler.

—Ni te lo imagines. Sin embargo, tu suavidad ayuda —le dije atrayéndola a mi lado.

Andrea se hallaba cubierta con una fina bata de seda y bajo la tela percibí la cálida dureza de sus pechos. Me besó y al hacerlo se mezclaron el sabor de sus labios y el de la sangre que aún mantenía en el interior dc mi boca.

Me dolía todo el cuerpo, pero el deseo era mayor. Ella se dio cuenta y dejando de lado mis labios, buscó con los suyos mis párpados y mi nariz hinchada. Detuvo las caricias un instante para despojarse de su ropa y continuó humedeciendo mi piel. Mordió mis tetillas, besó mi vientre y dejó que su boca atrapara mi pene erecto, que se estremeció gozoso con el roce suave de su lengua. Luego se sentó sobre mí, abriendo sus piernas para permitir que su sexo recibiera al mío, y con leves movimientos lo fue recorriendo una y otra vez, hasta que sus gemidos se confundieron con mis palabras entrecortadas.

Por la mañana me sentí mejor. Aún me dolían los golpes sobre las costillas maltratadas, pero un baño de tina compartido con Andrea terminó por devolverme el ánimo y el entusiasmo de vivir. Pese a sus reclamos por no continuar con el reposo, caminé hasta la oficina y en el suelo encontré una nota que Pony Herrera había deslizado por debajo de la puerta. Pedía que lo llamara al "Zíngaro", y lo hice de inmediato, confiado en hallarlo aún al pie del cañón.

Contestó un desconocido que lanzó un grito para llamar a Pony, y luego de unos minutos de espera, escuché su voz, confundida entre el murmullo del bar.

—¿Heredia? —lo oí preguntar.

—Recibí tu mensaje.

—Saltó la liebre, compadre.

—Te escucho. ¿De qué se trata?

—Mejor ven al bar. Los detalles son muchos como para contártelos por el teléfono.

—Por lo menos adelántame algo.

—Los muchachos fueron detenidos por un grupo de los Servicios de Seguridad. Los hombrones cuidan sus lenguas, pero a la sexta copa cantan bonito. Se dice algo de un tal Maragaño, de una clínica clandestina y de una mujer que se fue de lengua por alguna mala jugada que le hizo el mentado Maragaño.

—Parece que oíste la canción completa.

—Más o menos. Los tipos no son muy reservados con lo que hacen, y hasta diría que disfrutan contando los detalles. Te advierto que debes tener cuidado con ellos, Heredia.

—Lo sé. Anoche ya me pasaron un aviso.

—Ven al bar. La papa empieza a quemarme la boca.

Colgué el fono y me encaminé hacia el "Zíngaro". El misterio dejaba de ser tal, y si lograba desenrollar la madeja descubierta por Pony Herrera, tendría más de un bulto que entregar a Solís, o a quien quisiera poner el cascabel al gato.

El bar estaba lleno de clientes y los rostros que vi al entrar no eran precisamente los de un centro de madres. Observé las mesas buscando a mi amigo, y al no encontrarlo, pregunté por él a Juanito, el viejo mozo que atendía la barra.

—Esa es su copa, así que es posible que se encuentre en los baños —dijo el mozo, indicando una copa de vino que estaba sobre la barra, confundida entre un bosque de cervezas.

Le pedí una copa de vino y decidí esperar el regreso de mi amigo. Pasaron algunos minutos, vacié la copa y Pony seguía sin aparecer. Pensé que alguien desafinaba en la orquesta y sin pensarlo dos veces me encaminé, de prisa, hacia el rincón del bar donde estaban ubicados los servicios higiénicos. Pony no estaba frente a los urinarios ni tampoco junto a los lavamanos. Dije su nombre en voz alta y nadie me respondió. Las tres casetas existentes dentro del baño estaban cerradas. Esperé un momento y vi salir de una de ellas a un borracho que, con cierta dificultad, intentaba sujetar sus pantalones.

Empujé con el hombro la puerta de la segunda caseta, y un tipo que se sobaba las bolas con una revista de piluchas en una de sus manos se acordó de mi madre y volvió a cerrar la puerta con un puntapié. Las cosas no podían ir peor. Me puse frente a la tercera puerta, le di una patada y se abrió de par en par.

Pony se encontraba sentado encima de la taza con los pantalones puestos. Una de sus manos colgaba sobre un montón de papeles sucios y en la otra sostenía un programa del hipódromo. Le habían clavado un cuchillo en medio del vientre, y sus ojos, fijos, miraban hacia un cielo inexistente. Cerré los ojos de Herrera y busqué en sus bolsillos algún indicio de los asesinos.

El folletín de carreras llamó mi atención. Pony no era amigo de comprar ni menos guardar los programas. Decía que eso acarreaba la mala suerte. Intuí que algo había querido decirme en su minuto final. Tomé el folletín y lo guardé en un bolsillo de mi chaqueta. Después, salí de la caseta, del baño, y de nuevo junto a la barra pedí a Juanito otra copa de vino. Mi amigo merecía un último brindis.

–¿Encontró al señor Herrera? –preguntó el mozo.

–Alguien lo hizo antes que yo. Llame al comisario Solís, y cuando llegue, dígale que lo espero en mi oficina –le respondí. El viejo demoró en reaccionar, y cuando lo hizo, llamó a los otros mozos del lugar. Al cabo de unos minutos, el "Zíngaro" era una bolsa de gatos pulguientos. Vacié la copa y me retiré del bar.

En la oficina me dediqué a revisar el programa de carreras. En cada hoja había marcas que señalaban a uno u otro caballo, anotaciones de dividendos y un sinfín de rayas nerviosas que no poseían ningún sentido. Iba a dejar de lado el programa, cuando al pie de una de sus páginas reconocí la letra pequeña y alargada de Pony Herrera.

–Maragaño. Clínica. Beltrán. Lavinia. La Candela –leí en voz alta.

Maragaño y clínica eran palabras que se repetían desde la conversación telefónica sostenida con Pony. Lavinia debía ser la mujer de la que había hablado mi amigo. "La Candela" sabía lo que era y el nombre Beltrán resultaba un completo misterio.

Herrera había pagado los platos rotos, pero dejaba antecedentes para cobrar una cuenta mayor. Iniciaría la cobranza luego de conversar con Solís, el que apareció en la oficina media hora más tarde, acompañado de dos hombrones que se morían de ganas de hacer valer las credenciales de policías que llevaban en los bolsillos.

–No eran necesarios tantos pretorianos –le dije a manera de saludo.

–El número de mis amigos es un asunto que solo a mí me incumbe –contestó Solís, malhumorado.

–A los míos los apuñalan.

–Ahorremos tiempo, Heredia. Juanito me entregó tu recado, ¿qué sabes de lo sucedido con Herrera?

–No mucho, salvo que está frío.

–Eso ya lo sé. No quieras pasarte de listo.

–Entonces manejamos la misma información.

–No me habrás hecho venir a tu pocilga por las puras brevas.

–Me sentía solo y supuse que vendrías con tus mejores amigos.

–La paciencia se agota, Heredia.

–Soy tímido y me cuesta hablar delante de un público numeroso –le dije observando de reojo a sus dos acompañantes.

–Te puedo llevar al patio de los lamentos, en calidad de sospechoso.

–Habría más público y sabes que solo recito para los amigos.

–Por esta vez te lo concedo –contestó, y con una seña ordenó a sus hombres salir de la oficina.

–Nada personal en contra de los muchachos, pero el tema es solo para iniciados. Mientras menos orejas escuchen, más seguros estaremos los dos.

–Habla entonces.

–¿Te dice algo el nombre de Maragaño? –pregunté, y fue como si a Solís le hubiera puesto a freír una mano en la sartén.

–Sé muy bien quién es, y la verdad es que no quisiera pisarle los callos en la micro –contestó, y enseguida lo puse al tanto de lo que me había dicho Pony por teléfono.

–Fui a buscarlo al bar y lo encontré hablando con San Pedro –agregué.

–Maragaño es uno de los jefes de operaciones de Cortés, el mandamás de los Servicios de Seguridad. Mala gente. Tipos que están con la mierda hasta el cuello y no se incomodan por ponerse encima un poco más. Bombas a políticos de oposición, degüellos, torturas a estudiantes y asesinatos de periodistas son sus ocupaciones favoritas. Si de algo te puede servir un consejo, quédate tranquilo y escabúllete del lío.

–Ayer me dieron el mismo consejo –le contesté, relatándole enseguida mi encuentro con los matones.

–Te aseguro que no juegan ni van a perder mucho tiempo contigo si te pones en el camino.

–No quiero lecciones de sobrevivencia, Dagoberto. Te llamé para que supieras lo que he averiguado, y para que muevas tus piezas si así lo quieres.

–Es tu pellejo el que está en juego, Heredia.

–Tengo mucha sangre en las manos como para tomar mañana el desayuno con tranquilidad. Si eres franco contigo mismo, reconocerás que estamos frente a un buen caso. Secuestran a dos jóvenes. Uno aparece degollado y de la muchacha no se sabe nada. Me golpean como a un saco de papas. Matan a mi amigo y te doy un nombre y un par de buenas cartas para seguir en el juego. Con todo eso no es sensato abandonar la mesa.

–Te llevaré claveles a tu tumba –contestó Solís, y sin agregar nada más se fue de la oficina.

Estaba solo, en medio de una ciudad triste y hostil. Arranqué la hoja del programa hípico en la que Pony había escrito los nombres. Eran los naipes de reserva. A través de la ventana vi que la noche empezaba a cubrir la ciudad y decidí que era la hora precisa para salir a corretear por los callejones.

"La Candela" era un prostíbulo de mala muerte ubicado cerca del río que atraviesa la ciudad. Me dirigí al prostíbulo, caminando por un sector de calles oscuras, de casas viejas y esquinas que alentaban a apurar los pasos. Al cabo de unos minutos llegué a una cuadra iluminada, en la que un centenar de mujeres, vestidas con ajustadas y reducidas ropas, dejaban a la vista la mercancía en subasta. Me interné por la cuadra con pasos seguros, sin prestar atención a las invitaciones que me hacían algunas de las mujeres, a mi lado o desde las ventanas de las casas. Luego de rechazar a tres rubias teñidas que se colgaron de mis brazos, entré a una casa amarilla que mantenía abierta su pobre y destartalada puerta de madera.

En una habitación en penumbras se encontraban sentadas seis o siete mujeres. Unas miraban al infinito y un par conversaban con algunos hombres que las abrazaban llenos de calentura y borrachera.

–¿Quieres pasar un rato, mijito? –preguntó una de las mujeres, acercándose a mi lado.

–Solo si te llamas Lavinia.

–¿Eres rati? –preguntó, desconfiada.

–Ni en broma. Simplemente busco a la mujer de mis sueños.

–Voy a ver si está desocupada la flaca –dijo la mujer, y salió de la habitación por una puerta disimulada tras de una cortina verde.

Minutos después reapareció acompañada de otra mujer que venía ajustándose el cinturón de la falda.

–Ese es el gallo –dijo la primera mujer a la morena de cabellera larga que la seguía.

–¿Me busca? –preguntó la morena, mirándome con curiosidad.

–¿Tú eres Lavinia? –retruqué, y la mujer respondió con una breve mueca que tomé como sonrisa.

–Un amigo me contó de tus gracias –le dije, y ella, sin mayores preámbulos, me indicó que la siguiera. Atravesamos la cortina verde y andando por un pasillo estrecho llegamos al inicio de una escalera de madera tosca que comunicaba con el entrepiso. Cuidando de no romperme la crisma en el techo, seguí a la mujer hasta un cuartucho de aspecto miserable.

–Me pagas al tiro –dijo, deteniéndose junto a la puerta.

Dejé en sus manos un par de billetes que guardó de inmediato en el pequeño bolsillo de su falda. Entramos a la pieza, y sin mediar palabras entre los dos, la mujer comenzó a desnudarse.

–Solo quiero hablar contigo –le dije–. No es necesario que te desvistas.

–¿Eres raro o qué?

–Nada de eso. Un amigo me contó que puedes darme cierta información que necesito.

–¿Información? –preguntó recelosa y al tiempo que volvía a ponerse la falda que un minuto antes había dejado caer a sus pies.

–Sobre una clínica y un tal Maragaño.

–Te envió ese infeliz.

–No. Trabajo por mi cuenta y si me dices algo que valga la pena puedo retorcerle la nariz a ese fulano. Sé que Maragaño es un matón de los Servicios de Seguridad.

A la mujer le gustaron mis palabras y eso le dio mayor confianza.

–Eso dicen.

–Estoy seguro de que es así, Lavinia.

–Acostumbra a venir a esta casa con otros tipos como él. Amenazan a las chicas y nos obligan a acostarnos gratis con ellos. Si no aceptamos, traen a los ratis de la Comisión. Maragaño se había entusiasmado conmigo, y hace una semana, más o menos, cuando le conté que estaba embarazada y quería abortar, ofreció ayudarme. Dijo que un amigo médico haría el trabajo gratis.

–¿Y?

–Me llevó a una clínica y ahí pasé toda una noche después de que me hicieran el raspaje; y como no podía dormir por el dolor que sentía, oí los gritos de una muchacha a la que, al parecer, unos hombres estaban golpeando en la pieza vecina. Le preguntaban cosas que ella se negaba a contestar. Su nombre no lo escuché, pero sí me di cuenta de que a los tipos se les pasó la mano con los golpes. Los gallos se puteaban unos con otros, y luego de un rato, comenzaron a hablar de cómo se iban a deshacer de ella. No me gustó nada la cosa. Por la mañana se lo comenté a Maragaño. Dijo que no me metiera en sus asuntos, y como tuve la mala ocurrencia de chantajearlo con mi silencio, ordenó a un par de tipos que me golpearan.

—¡Maldito! —exclamé, al tiempo que la mujer me mostraba los moretones que aún conservaba en los brazos.

—Maragaño es un perro rabioso.

—¿Sabes dónde encontrarlo?

—Ni idea.

—El nombre, Beltrán, ¿te dice algo?

—Es el doctor que me hizo el remedio.

—¿Te acuerdas dónde quedaba la clínica? —pregunté, ansioso.

—No muy bien. Maragaño me llevó de noche. Creo que está en la calle Montilles.

—Esa es una calle larga.

—Frente a la clínica hay un restaurante que tiene dibujados unos caballos con cachos en las ventanas.

—¿Caballos con cachos? ¿Un solo cacho, grande? ¿Unicornios?

—Sí, creo que así se llaman.

—Eso ya es algo. Parece que tengo lo que vine a buscar.

—¿No le dirá nada a Maragaño?

—Lo maltrataré un poco en tu nombre, pero él nunca lo sabrá —contesté, al tiempo que entreabría la puerta del cuartucho.

—¿Quieres quedarte un rato? —preguntó Lavinia.

—En otra ocasión.

7

Desperté con la intención de ubicar a Beltrán y sacudirle las orejas a mamporros. Sin embargo, luego de leer el diario, decidí arrancárselas. Las letras impresas me cayeron encima con la suavidad de un *uppercut* de Arturo Godoy, informándome del hallazgo de restos humanos en una localidad vecina. La nota señalaba a un grupo de niños que estaban jugando a la orilla de un río y se vieron sorprendidos al tropezar con el tronco y una pierna que se estimaba pertenecían al cuerpo de una mujer joven. Asustados, los niños habían dado cuenta del descubrimiento a sus padres, y estos a la policía, que, a la hora del cierre periodístico del diario, se dedicaba, con la ayuda de bomberos, a sondear el río en busca de los trozos del cadáver que faltaban.

Terminé de leer la noticia y mi primer impulso fue comunicarme con Solís para obtener más información. Pero, aunque presentía que los restos encontrados podían ser los de Beatriz, descarté la llamada a mi amigo policía y me dije que había llegado el tiempo de actuar por mi cuenta y riesgo. Comprobé que la cuarenta y cinco estuviera cargada y partí en dirección a la calle Montilles.

Llevaba recorridas siete cuadras cuando divisé a los unicornios pintados en las ventanas del restaurante mencionado por Lavinia. Bajé del Fiat y observé las tres construcciones enfrentadas al restaurante. Descarté la primera por estar ocupada con un negocio de zapatos. La segunda era un edificio de departamentos, y la tercera, una casona de amplios ventanales. Crucé hacia los departamentos y al aproximarme distinguí en la entrada una colección de placas de bronce. Eran nueve y todas de médicos. En el tercer lugar de arriba hacia abajo había una que decía: Doctor Gerardo Beltrán. Clínica Particular. Oficina 302. Tercer Piso.

Subí corriendo la escalera del edificio hasta llegar a la consulta. Con el pecho a punto de estallar por el esfuerzo realizado golpeé la puerta identificada con el número 302. Una mujer de unos cuarenta años, vestida de enfermera, salió a atenderme.

−¿Qué desea? −preguntó de mala gana.

−Necesito ver al doctor Beltrán −contesté con voz entrecortada.

−A esta hora no atiende −dijo, al tiempo que se disponía a cerrar la puerta.

−Déme su dirección particular.

−No estoy autorizada para hacerlo −gruñó la enfermera. Trató de cerrar la puerta pero no tuvo éxito, porque mi paciencia se agotó y dándole un fuerte empujón terminé con la mujer en el suelo y toda mi humanidad dentro de la consulta. Investigué en su interior y comprobé que no había nadie, y que la clínica se componía de una sala de espera, un par de baños, dos piezas con camas y una habitación amplia en la que había un quirófano.

−Llamaré a la policía −dijo la mujer cuando estuve de vuelta en la sala de espera. Tenía un teléfono en sus manos e intentaba marcar un número.

−Más tarde, señora −le dije, quitándole el aparato de las manos.

La mujer intentó agredirme, pero una bofetada precisa la desanimó. Me molestaba ser tan rudo, pero tampoco podía perder mi tiempo haciéndole proposiciones de amor.

−Mire, señora, nunca conocí a mis padres y en el orfanato no me dieron una buena educación. Si pierdo la calma puedo ser muy malo, así que busque un lápiz y escriba en un papel la dirección de su jefe.

Esta vez la mujer no tuvo dudas y en un instante me entregó lo pedido.

−Espero que esté correcto, de lo contrario tendré que regresar −le dije después de leer la dirección.

−Le aseguro que llamaré a la policía −balbuceó.

−Al Papa si prefiere, pero después −contesté, al tiempo que arrancaba el cable que unía el teléfono con la pared. Luego tomé a la mujer de un brazo y la encerré en uno de los baños, confiado en que le costaría salir de su improvisada prisión.

Media hora más tarde detuve mi auto a un costado del edificio donde vivía Beltrán. Una torre de aluminio y cristales que evidenciaba el mal gusto del arquitecto responsable de su construcción. Subí en ascensor hasta el cuarto piso y después caminé hasta quedar frente al departamento número 406. Presioné el timbre y esperé. Pasaron dos minutos y nadie abrió la puerta, pese a que desde el interior se oía el sonido de una radio.

Toqué el timbre una vez más. Volvieron a transcurrir dos minutos y cuando ya me disponía a derribar la puerta, esta se abrió y apareció un hombre moreno, de mediana estatura, vestido con pantalones grises y una chomba de color azul marino. Se veía distinguido, con el aspecto de alguien en quien uno confiaría si no supiera que las apariencias engañan.

−¿Qué desea? −preguntó, molesto.

−¿El doctor Beltrán?

−Así es −alcanzó a decir antes que en su rostro se estrellara mi mano convertida en un puño de granito.

El hombre quiso decir algo, tal vez reclamar, pero un ajustado gancho en el hígado lo hizo retroceder hacia el interior del departamento. Deseaba darle unos golpes más, pero me contuve pensando que necesitaba al matasanos con la cabeza pegada al resto de su cuerpo.

−Seremos breves, ya que no dispongo de tiempo ni paciencia −le dije mientras lo empujaba contra un sillón.

El departamento estaba compuesto por el living, un baño pequeño, un dormitorio y una cocina pequeña a la que solo se podía entrar caminando de lado. Se notaba que no era el sitio donde vivía una familia. Los muebles carecían de estilo y de seguro se podían comprar a crédito en cualquier tienda comercial. En el living nada llamó mi atención, pero al revisar el dormitorio hallé sobre la cama un par de maletas a medio llenar.

–¿Piensa viajar? –le pregunté una vez que estuve de vuelta en el living.

–No tengo que responder nada –dijo el medicucho, al tiempo que intentaba incorporarse del sillón en el que lo había dejado un rato antes.

–Si en algo estima su salud, más le vale hablar –respondí.

–Voy a un congreso en Brasil.

–¡Mentira! ¿No leyó su horóscopo de hoy? Dice que no podrá viajar porque llegan visitas inesperadas.

–No me hace gracia.

–A mí tampoco, no es un buen chiste. Sin embargo, sucede que yo tenía una amiga. Una muchacha con una vida tranquila hasta que la secuestraron junto a un compañero de estudios. La familia se preocupó, y el tipo de mal vivir que soy, se puso a investigar y averiguó que a la muchacha la estuvieron golpeando en la clínica particular de un médico sin escrúpulos. ¿Le gusta el cuento?

–¿Qué tiene que ver eso conmigo? Si no se marcha pediré ayuda –dijo Beltrán, aparentando tranquilidad.

–No se lo recomiendo. Ya vio que puedo ser rudo. No pierda su tiempo con evasivas. Hay un testigo que puede corroborar mi historia y contársela con lujo de detalles a la policía.

–¿No sé de qué habla?

–Quiero que reflexione y me diga qué relación tiene usted con Maragaño –le dije, al tiempo que ponía un puntapié entre sus piernas.

Beltrán gritó como gato escaldado. Lo que le restara de bolas debía dolerle endemoniadamente.

–¿Me equivoco o es verdad que Maragaño usa su clínica para efectuar interrogatorios? –pregunté al médico, al mismo tiempo que hacía el ademán de querer repetirle la dosis de castigo.

–A veces la ocupa para eso –balbuceó, ya sin ganas de oponer resistencia.

–Y mientras eso ocurre, usted mira hacia otra parte. ¿Por qué?

–Hace un año, Maragaño se enteró que en la clínica se efectuaban abortos. Vigiló un tiempo y cuando estuvo seguro, se presentó en la consulta. Me tenía en sus manos y no tuve otra alternativa que acceder a sus deseos. Al principio no sabía para qué ocupaba la clínica, pero después me hizo participar en los interrogatorios. Debía aplicar inyecciones a los detenidos o comprobar si podían seguir recibiendo más castigo.

–Toda una labor humanitaria. Pero vamos a lo que me interesa. Hace unos días usted hizo abortar a una prostituta amiga de Maragaño.

Beltrán asintió con la cabeza.

–Esa misma noche, Maragaño llevó una muchacha a la clínica. La torturaron hasta que murió, y cuando quisieron deshacerse del cadáver no encontraron otro mejor método que despedazarla y arrojarla por partes a un río. No contaron con que la podían encontrar antes de que los restos se descompusieran. ¿Es así, o mi fantasía vuela muy alto?

–Maragaño y sus hombres se extralimitaron con el castigo. No era la primera vez que le ocurría. Primero estuvo lo de una muchacha que murió en la tortura y que para hacerla desaparecer la llenaron de explosivos y la hicieron volar al interior de una oficina pública, simulando que ella era parte de un fallido atentado extremista. Después vino lo del muchacho con el que perdieron los estribos y como no hablaba le tajearon todo el cuerpo con hojas de afeitar.

–¿Recuerda el nombre de la última muchacha que torturaron?

–La llamaban América –alcanzó a decir Beltrán, ya que no pude contenerme y, asqueado, lo golpeé en el mentón.

Todo quedaba claro y solo faltaba que llegara la ley, o lo que pudiera quedar de ella, a establecer su sentencia y castigo. Observé a Beltrán que yacía adormecido en el suelo y consideré que era conveniente dar otra ayuda a la ciega justicia de la ciudad. En un papel redacté a grandes rasgos lo que había contado el médico y enseguida arrojé un recipiente con agua sobre su cabeza. Cuando estuvo en condiciones de volver a sumar dos más dos, lo obligué a firmar el escrito. Legalmente no valía un carajo, pero estaba cierto que cuando llegara el momento de contar mi historia, más de alguien trataría de hacer creer que yo deliraba, y por eso, un papel con un buen cuento serviría para demostrar que el alcohol aún no había reblandecido mis neuronas.

Una vez que firmó el papel, Beltrán dejó de interesarme. Era hora de entregárselo a Solís, y para eso lo llamé por teléfono y le conté algunos detalles de lo sucedido en el departamento del doctor.

Quedamos en reunirnos en el departamento y, cuando me disponía a esperar sentado en un sillón, escuché que la puerta de la habitación se abría violentamente.

Dos oscuras pistolas apuntaron hacia mi cabeza y de inmediato sentí que alguien descargaba su neurosis sobre mis riñones. Reconocí a tres de los hombres que me habían propinado la paliza y a simple vista deduje que no venían con la intención de tratarme como a un viejo amigo. Hicieron que ocupara un sillón y uno de los matones ayudó a Beltrán, quien al verme reducido se acercó a mi lado con la intención de cobrar su venganza. Pero unos brazos más poderosos que los suyos lo retuvieron. Evidentemente, los matones no deseaban perder el tiempo.

–No hiciste caso, Heredia –dijo el hombre al que durante la golpiza oí que llamaban Carmona.

–El método fue poco didáctico –contesté, tratando de ganar los segundos que necesitaba para pensar en una salida razonable a la situación en la que me encontraba.

–Ahora usaremos un método definitivo –agregó Carmona.

–Este sujeto sabe todo lo que pasó en la clínica –intervino Beltrán.

–El matasano canta bonito –dije a Carmona que ya empezaba a cansarse con el diálogo.

–No dije nada que él no supiera –aclaró Beltrán al ver que su panorama se oscurecía.

–Es posible. Sin embargo, el jefe no desea que queden hilos sueltos –contestó Carmona al mismo tiempo que sacaba la pistola que portaba junto a su cinturón. Comprobó que el arma tuviera la bala pasada y avanzó hasta quedar frente al doctor.

–Los bocones no sirven –gritó, y sin titubear, descargó una bala dentro de la boca de Beltrán.

La detonación se multiplicó entre las murallas del departamento. Los dos hombres que me custodiaban se descuidaron un instante y comprendí que esa era mi única oportunidad para salir bien parado del entuerto. Cargué con fuerza el respaldo del sillón en el que me encontraba sentado y caí al suelo, rodando junto al mueble.

Una bala astilló el sillón y otra destrozó una de las ventanas de la pieza. Saqué mi pistola y disparé apuntando hacia el bulto más cercano. Uno de los matones se fue al suelo, herido, y el otro cometió el error de intentar ayudarlo y terminó con un proyectil en el vientre. Carmona disparó dos veces sin mayor fortuna y luego, viendo a sus hombres malheridos, decidió cambiar de escenario. Estaba por alcanzar la puerta de salida cuando le disparé. De su muslo izquierdo brotó un oscuro hilo de sangre que no fue motivo suficiente para detener su fuga. Tenía la oportunidad de rematarlo, pero pensé que me convenía intercambiar algunas palabras con él. Mi vacilación le dio tiempo para huir, y cuando logré salir del departamento, él ya había abordado el ascensor.

Corrí hacia la escalera de servicio y llegué a la planta baja cuando el sicario abría la puerta de su vehículo. Lo alcancé y le di duro en la nuca con la pistola. Se dejó caer al suelo y aprovechando que la puerta del auto estaba entreabierta, aprisioné su cabeza entre ella y la carrocería.

–Te doy una sola maldita oportunidad para que digas dónde puedo encontrar a Maragaño –grité haciéndole sentir la presión de la puerta.

–En el "Cuatro Dedos" –contestó sin deseo de empeorar su situación.

Aflojé un poco la puerta dispuesto a liberar al asesino, pero cambié de idea y dando un impulso la golpeé violentamente. La cabeza de Carmona sonó como una nuez partida.

8

Carmona quedó tendido en el suelo. Parecía un muñeco desarticulado, pero no experimenté lástima por él. Recordé a Pony Herrera metido en la caseta inmunda del bar y pensé que el matón había tenido un cielo azul como testigo. Y eso era más de lo que merecía una rata como él.

El ruido de una sirena me puso en alerta. Solís se acercaba con sus hombres y eso indicaba el momento de hacerse invisible. Haría muchas preguntas y mi ánimo no estaba para tertulias.

Ubiqué el Fiat y anduve en él hasta llegar a una plaza de grandes árboles. Detuve el vehículo. En un rincón de la plaza, un anciano daba vueltas a la manivela de un organillo y un grupo de niños revoloteaba a su alrededor. Se veían alegres e inocentes, y tal vez soñaban con otra vida para la cual yo había perdido mi oportunidad. Conecté la radio del auto y después de una canción chillona transmitieron un extra informativo sobre la muerte de Beltrán y el tiroteo en su departamento, atribuido a una banda de ladrones sorprendidos por el médico cuando robaban en el lugar. Nada que no supiera o que me hiciera pensar que Solís avanzaba en su investigación. Cogí la pistola y reemplacé las cápsulas vacías por tres balas nuevas. Luego volví a la oficina a esperar a Dagoberto Solís.

El policía llegó a la medianoche, y sin ocultar su malhumor, se plantó frente al escritorio en el que me encontraba leyendo la novela *Maigret en los bajos fondos*.

–Demoraste más de la cuenta. Tuve que recurrir a la reserva –le dije a manera de saludo, y al tiempo que le mostraba la botella de vino que tenía sobre el escritorio.

–Alguien dejó unos bultos que era necesario recoger antes que las moscas iniciaran el festín.

–Sucede a menudo. La ciudad está llena de gente descuidada.

–Pensé encontrarte donde Beltrán, pero solo tropecé con tu firma en algunos cadáveres y con una señora que apareció aullando en tu contra.

–No debes prestar atención a las mujeres feas.

–Lo que ella diga no me interesa. Quiero tu versión de lo ocurrido.

–Es simple. Tomábamos el té con el doctor y aparecieron unas visitas con muy malos modales.

–Si te dejas de bromas ganamos tiempo –dijo Solís, y le informé acerca de los nombres escritos por Herrera, de la entrevista con la prostituta de "La Candela" y de lo averiguado en la conversación con Beltrán.

–El doctor leyó los diarios y decidió levantar vuelo. Lo atrapé haciendo las maletas y después de un sacudón, soltó la pepa. En eso estábamos cuando llegaron los tipos que encontraste haciendo gárgaras hacia el cielo.

–¿Tu mataste a Beltrán?

–Nones. Eso fue iniciativa de las visitas. De Carmona para ser más exacto –contesté y, al tiempo que le entregaba las notas firmadas por Beltrán, agregué–: Es la confesión del matasanos. No creo que valga mucho en un juicio, pero confirma mi historia.

–Te tragaste un buen budín –comentó Solís después de leer el contenido de los papeles. Luego preguntó por Carmona.

–Tuvo un repentino dolor de cabeza. Era el cabecilla del grupo y secuaz de Maragaño.

–Maragaño. Insistes en él y eso no me gusta nada. Si estuviera en tu pellejo, de inmediato tomo unas largas vacaciones en el Polo Norte.

−Primero quisiera apretar un cuello inmundo que aún circula por la ciudad. Los hechos son claros y conducen a una sola puerta.

−Creo que necesito un poco de tu brebaje −dijo Solís, al tiempo que tomaba la botella de vino.

−¡Todo el que quieras!

−Los jefes van a querer explicaciones convincentes para tantos troncos que dejaste en el camino.

−Te he abierto mi corazón.

−¿Como la vez anterior?

−Ya no me quedan naipes bajo la manga −mentí.

−Espero que así sea, y que los jefes lo crean. No quisiera que me ordenaran ponerte en la heladera por algún tiempo. Además, mañana se comprobará si tu cuento es verídico.

−¿A qué te refieres? −interrumpí.

−Aparecieron las partes que faltaban del cadáver encontrado en el río. No es un espectáculo grato, pero desearía tenerte cerca cuando lo identifiquemos. Citamos a la familia de tu clienta.

−Estaré ahí sin falta.

−No sé hasta dónde me dejen meter las manos en este asunto. Trataré de hacer lo más posible. Y ahora me voy a descansar. Ha sido un día pesado.

−Aún resta algo de vino en la botella.

−No para mí. Tengo una familia que me aguarda y que no se conforma con mi foto colocada sobre el trinche del comedor.

−Eso es mucho más de lo que puedes encontrar en esta oficina −le dije a Dagoberto, a modo de despedida.

Por la mañana me despertó el cacareo del teléfono. La resaca era fuerte y el fuego metido dentro de mi estómago parecía un anticipo del infierno. Me había quedado dormido sobre el escritorio, con mi cara apoyada en un cenicero repleto de colillas. Reconocí la voz de Marcela Rojas y gruñí algo a través del aparato.

−¿Se encuentra bien? −escuché que me preguntaba.

—No es nada. Lucho contra mis fantasmas −contesté, y se produjo un silencio al otro lado de la línea.

−Lo llamo por el asunto de Beatriz. La policía cree haber encontrado su cadáver.

−Lo sé. Me pidieron participar en la identificación.

−Mi padre y mis hermanos no quieren presenciarlo. Tengo que ir sola −dijo Marcela. A través de la línea oí sus sollozos.

−Va a ser duro, pero voy a estar ahí para ayudarte.

−Gracias. Por eso lo llamé. No me atrevo a ir sola.

−¿Conoces el Café "Real Madrid"?

−Sí.

−Dame media hora y nos encontramos en él.

−No me falle, por favor.

−Esta vez no te fallaré −le contesté, y cuando ella cortó la comunicación quedé largo rato con el fono entre las manos, sin saber qué hacer.

A tropezones llegué hasta el espejo del baño. Mi rostro daba pena y no era mucho lo que podía hacer por mejorar su aspecto. Puse agua en el lavamanos y me mojé la cara hasta que las cosas a mi alrededor recuperaron su equilibrio habitual. Enseguida cubrí mi rostro con espuma y lo ataqué con el filo de una navaja.

A la hora convenida me reuní con Marcela en el "Real Madrid". Pedimos café y por varios minutos solo nos miramos, en silencio, sin saber ninguno de los dos cómo abordar la tragedia que nos unía. En su rostro, ella evidenciaba la procesión que la recorría por dentro y era evidente que se esforzaba para no llorar.

−Quiero que sepas que averigué quién mató a tu hermana. Cuatro de sus asesinos están ahora con ella, o un poco más abajo, en el infierno −dije, rompiendo el silencio−. La policía está al tanto de todo lo ocurrido, pero dudo que mueva un dedo para indicar a los principales responsables. En esta ciudad la justicia tiene doble venda sobre los ojos.

–¿Nadie hará nada?

–Tu hermana está muerta y eso no se puede cambiar. Los criminales tienen santos en la corte.

–Me confortaba pensando en la justicia.

–Tienes que aprender que gente como nosotros está sola en la ciudad y que sobrevivir ya es suficiente. Lo único que te puedo ofrecer es llegar hasta el último de los culpables. Mi estilo de trabajo tiene algunos detractores, pero da resultados.

–No entiendo mucho lo que dice, Heredia, pero confío en usted.

–Con eso me basta.

Lo que más tarde ocurrió en la morgue es mejor olvidarlo. No existen palabras para describir el estado en que se encontraba lo que había sido una muchacha hermosa, ni tampoco existían palabras que pudieran consolar a Marcela. La muerte es siempre demasiado definitiva como para explicarla.

Puse a Marcela en un taxi y le di unos billetes al chofer para que la condujera a su casa. Más no podía hacer, salvo cumplir mi promesa. Solís llegó a mi lado en el instante en que el taxi se perdía en un horizonte de autos y esmog. En sus manos traía la confesión de Beltrán que le había entregado la noche anterior.

–Toma –dijo–. Ya no sirven de nada. Con la muerte de Carmona han dado orden de cerrar el caso.

–¿Cerrarlo?

–Inventaron una historia y mañana saldrá publicada en las primeras planas de todos los diarios. La muchacha necesitaba hacerse un aborto, ubicó a Beltrán y a este le salió mal su intervención. El médico decidió hacerla desaparecer. Por su parte, la policía averiguó lo sucedido y al ir a detenerlo el doctor puso resistencia y mató a tres funcionarios antes de morir. ¡Bonita historia!

–Es un asco.

–Al menos te dejarán tranquilo. Tu nombre quedó fuera de la historia.

–Sigue siendo un asco. Ya no hay misterio que descubrir. En verdad, nunca existió ningún misterio. Todo no es más que un crimen, un sucio, asqueroso y maldito crimen. Las pistas que revelan al culpable en la última página son para las novelas; en la realidad los asesinos ostentan sus culpas con luces de neón. Se conocen sus nombres y apellidos, pero nadie hace nada por juzgarlos.

Solís guardó silencio. Pensé que las palabras sobraban y que solo un poco de acción justificaba el que uno siguiera respirando.

–¿Qué es el "Cuatro Dedos"? –le pregunté, acordándome de lo dicho por Carmona.

–Un cabaré del barrio Pronunciamiento al que hay que llegar con corbata y una gruesa billetera.

–Creo que iré a beber unas copas en ese lugar.

–No te metas en un nuevo lío, Heredia.

–Nuevo, no. Es el mismo de siempre.

–¿Quieres que te acompañe?

–Dedícate a lustrar tu placa. Voy a una fiesta privada.

9

El "Cuatro Dedos" era una montaña de acrílico, luces rojas y pechos prominentes que se deslizaban sobre piernas bien torneadas, deseables y cubiertas de colores indefinidos. En su entrada, un gorila forrado con una chaqueta de seda negra me atajó y puso tres minutos de dificultades para dejarme entrar, porque mi aspecto no le inspiraba la confianza de una chequera palpitando junto a mi corazón. Le di un billete de cinco mil pesos y bajo su espeso bigote apareció una mueca que supuse sería la mejor de sus sonrisas.

Encendí un cigarrillo y entré al cabaré dispuesto a portarme como un caballero, al menos hasta que ubicara a la pareja con la que deseaba bailar esa noche.

Salió a recibirme un mozo de chaqueta roja y corbata verde, y anudada al cuello, y solícito me condujo hasta un rincón discreto y en penumbras. Ofreció una larga lista de cócteles y antes que regresara con el vodka tónica que le pedí, a mi lado se sentó una rubia dulce, amable y mentirosa.

—¿Estás solo? —preguntó, recurriendo a toda la obviedad del mundo.

—Es un problema que se solucionará si te quedas conmigo.

—¿Me regalas un trago? —dijo, al tiempo que cruzaba sus piernas a veinte centímetros de mi nariz.

—Una copa para mi amiga —ordené al mozo a su regreso, y luego le pregunté por Maragaño.

—El señor Maragaño aún no llega esta noche —contestó.

–Cuando lo haga, avíseme. Le traigo el recado de una conocida suya.

La rubia que me acompañaba iba en el segundo combinado cuando el mozo vino a decirme que Maragaño había llegado al cabaré. Miré hacia donde me indicó, y a pesar de la penumbra, logré ver a un tipo de aspecto mantecoso que caminaba con alguna dificultad sobre la alfombra del lugar. Tuve la impresión de observar a una babosa gigante, lo que en todo caso no fue obstáculo para que se le colgaran de los brazos dos mujeres de las muchas que esperaban a los clientes. Al parecer el chicharrones las conocía, ya que las saludó efusivamente, y sin gritar agua va, dejó que sus manos regordetas se deslizaran bajo las cortas faldas de las copetineras.

Los problemas comenzaron más pronto de lo que esperaba, ya que apenas el mozo informó a Maragaño de mi presencia, se acercaron hasta mi rincón dos hombres que hasta ese momento se habían mantenido tras las espaldas del sicario mayor. Uno de ellos pertenecía al grupo que me había aporreado días atrás. El matón me reconoció de inmediato y sin gastar tiempo en dichos preliminares, se abalanzó sobre mí. Traté de resistir, pero dos tubos negros en las costillas me hicieron cambiar de opinión.

Custodiado por los dos hombres crucé el cabaré de un extremo a otro, hasta quedar frente a la mesa ocupada por Maragaño y sus amiguitas.

–¿Heredia? –preguntó Maragaño, un tanto molesto por la interrupción, y luego, sin dejar de acariciar los muslos generosos de una de sus acompañantes, agregó–: Nos encontramos antes de lo previsto.

–Andaba paseando por el zoológico y encontré a estos gorilas amigos suyos –contesté mirando a mis custodios.

–No te quieras pasar de listo, huevón –dijo uno de ellos, al tiempo que presionaban sus pistolas contra mis costillas.

–Supe que estuvo con algunos conocidos míos –intervino Maragaño.

–Le reduje sus gastos en personal –respondí.

–No causó gracia su proceder. Eran buenos muchachos –dijo Maragaño haciendo una mueca que estremeció sus mofletes.

–Un poco lentos para mi gusto.

–Procuraremos que esta vez no haya quejas –respondió, y enseguida ordenó a sus subalternos que me sacaran del lugar.

Salimos y al cortejo se unió el mastodonte que custodiaba en la puerta. Avanzamos hasta quedar bajo unos árboles que cubrían la entrada al cabaré. Para pensar no tenía mucho tiempo, así que aproveché un breve descuido de mis captores para arremeter contra la quijada del portero. Algo se quebró en su rostro sin que eso llegara a preocuparme. Me arrojé tras un árbol en búsqueda de refugio, y al hacerlo escuché un estampido que de inmediato se transformó en un intenso ardor en mi hombro izquierdo. Había jugado mis cartas y ya no sacaba nada con arrepentirme. Observé a mi alrededor buscando otro refugio más seguro y cuando pensaba que la suerte me daba la espalda, escuché dos disparos y enseguida vi caer al suelo a los dos gorilas de Maragaño. Incrédulo, me incorporé justo en el momento que Solís sacudía su pistola en la cabeza del portero que, repuesto de mi golpe, intentaba ponerse de pie.

–Tenía curiosidad por ver qué trago bebías –dijo Dagoberto Solís, al tiempo que me tendía su mano a modo de saludo.

–No sé qué demonio te trajo hasta acá, pero, como sea, gracias por salvar mi pellejo –le contesté.

–Supongo que mi placa ya tenía suficiente brillo.

–Y llegaste en el momento preciso.

–Hace media hora que estaba observando qué tal te las arreglabas con Maragaño y sus monigotes.

–¿Media hora? ¡Eres un maldito hijo de puta!

–No más que tú, amigo.

–Bien, lo acepto y estoy de acuerdo contigo. ¿Trajiste a tu gente?

–No. Solo mi pellejo y una repentina gana de meterme en lo que no debo.

–¿Sabes a qué vine?

–Lo sé. En el cabaré reconocí al hombre que buscas.

–¿Piensas interponerte en mi camino?

–Vine a ayudar. La placa la dejé en mi casa –contestó Solís.

–Bienvenido al circo –le dije, justo en el instante en que salían del cabaré otros dos hombres, convenientemente armados. Alcanzamos a escondernos tras de unos matorrales y desde ahí los oímos llamar a los matones dados de baja.

–Por la puerta principal no llegaremos muy lejos –dijo Solís.

–Intentemos entrar por la puerta de atrás –respondí, al mismo tiempo que me ponía a correr entre los arbustos que nos protegían.

Dagoberto siguió mis pasos hasta que divisamos una puerta de la cual emanaba una luz amarillenta. Estaba cerrada y en su parte superior tenía una ventanilla. Junté las manos en forma de una pisadera y Solís se cargó en ellas para observar hacia el interior de la casa.

–¡Carajo! –exclamó en voz baja y se dejó caer a mi lado.

–¿Qué ocurre? –pregunté, sintiendo que una puntada atravesaba mi hombro herido.

–Dudo que sea un simple lugar de entretención. Allí adentro hay un par de tipos con todo un arsenal a cuesta.

–¡Entremos y les damos duro!

–No con esto –dijo Solís indicando la pistola que portaba–. Dame unos minutos para recoger la artillería.

Contesté afirmativamente y lo vi desaparecer por el sendero que habíamos recorrido anteriormente. Los minutos se hicieron lentos, nerviosos como novia virgen. Del otro lado de la puerta llegaban las voces de los hombres y un poco más lejana se oía la música del cabaré; una canción de Lionel Richie que seguramente serviría de acompañamiento para el lento desnudo de una morena de carne dura y apetecible.

Dagoberto regresó con una escopeta, tres cajas de cartuchos y una bolsa plástica, de supermercado, con dos botellas vacías en su interior. Me entregó la escopeta y caminó hasta un vehículo que se hallaba estacionado cerca de donde nos encontrábamos. Oí un golpe seco y enseguida el sonido sistemático de un líquido que goteaba sobre la tierra.

—Llené las botellas con bencina —dijo al volver a mi lado.

—Ahora podemos entrar —dije, devolviéndole su escopeta.

Lancé mi cuerpo contra la puerta y caí a un piso de madera, sin poder evitar que el hombro herido aguantase el peso de mi cuerpo. Sobre mi cabeza escuché un estampido y vi cómo, unos metros más adelante, un tipo se llevó sus manos al rostro y se fue de bruces al suelo. El segundo guardián intentó reaccionar, pero fue demasiado lento y no pudo detener la arremetida de Solís que, sin asco, hundió la culata de su escopeta en la cabeza del matón.

Quedamos en medio de un pasillo que comunicaba al resto de la construcción a través de dos puertas. Elegimos la que estaba a nuestra derecha y nos internamos por otro pasillo, más estrecho y oscuro, que terminaba en una habitación amplia y gélida. No había nadie en ella y todo su amoblado lo comprendían un par de sillas, una lámpara que colgaba del techo y una armazón metálica similar a un catre abandonado.

—Los cabrones usan este sitio para interrogar a sus víctimas —dije a Solís mientras buscaba en su bolsa una de las botellas con bencina. Desparramé el contenido por el suelo y cuando la mancha líquida cubrió gran parte de la losa grisácea, prendí un fósforo.

Las llamas surgieron incontrolables. Rehicimos el camino y poco antes de llegar a la puerta anteriormente descartada, esta se abrió y asomó su cabeza un hombre que, al ver las llamas, lanzó un grito que duró el tiempo que la bala disparada por Dagoberto demoró en llegar a su garganta. Salté por sobre el cuerpo del extraño y avancé hasta la puerta con la intención de cruzarla. Una ráfaga en sentido contrario me hizo cambiar de idea y busqué el refugio del suelo. Recién en ese momento sentí que un hilillo de sangre escurría por mi frente.

–Tienes un rasguño –dijo Solís a mi lado, con su voz entrecortada por la agitación de su última carrera.

–El plomo pasó cerca, pero no duele. Lo importante es que ya los pusimos sobre aviso.

–Y estamos entre dos fuegos. Nos abrimos paso o las llamas nos atrapan.

–No hay mucho para escoger.

–Les daré algo en qué pensar –agregó Dagoberto, al tiempo que sacaba de la bolsa la segunda botella de combustible. Luego, tomó el pañuelo que llevaba en su chaqueta y lo introdujo en el gollete de la botella. En su mano derecha apareció un encendedor y con él encendió la improvisada mecha. Esperó a que el fuego tomara cuerpo y enseguida lanzó la botella hacia el salón principal del cabaré. Oímos el estruendo, los gritos histéricos de las copetineras y sin demora entramos al salón, disparando hacia blancos que solo podíamos imaginar.

El escenario en el que unos minutos atrás bailaban las mujeres estaba convertido en una pira, y en un rincón del salón, Maragaño y cuatro de sus hombres se protegían al amparo de unas mesas. A pesar de las llamas y el humo, logré ver una sombra que se alejaba de las mesas. Disparé calculando la velocidad de su desplazamiento, y se escuchó un grito seguido de varios disparos que buscaron sin fortuna mi cuerpo.

El fuego progresaba a nuestras espaldas y por eso pedí a Dagoberto que me cubriera mientras intentaba cruzar las ávidas lenguas rojas. Por unos segundos sentí un ardor profundo en la piel. Unas balas impactaron cerca de mis piernas y para no dar otra oportunidad a mis enemigos, busqué refugio tras una tarima. Llamé a Dagoberto y este, con alguna dificultad, cruzó la cortina ardiente. Lo habían herido en un codo y su brazo derecho oscilaba como un péndulo. El cabaré era un infierno. A Maragaño le quedaban tres hombres y creyéndose en inferioridad de fuerzas, decidió huir en dirección a la puerta de salida. Con Solís disparamos con entusiasmo hacia los blancos móviles. Uno de los matones trastabilló y se fue al suelo. Maragaño pudo avanzar algunos metros antes de cacr dc rodillas, frente a un espejo. La bala disparada por Dagoberto le había atravesado la pierna izquierda. Corrí a su lado para ver su rostro de perdedor. Sin la protección de sus hombres no era nadie. Solo un gordinflón que se retorcía como gusano. Cuando iba a rematarlo me retuvo la mano de Solís.

—Heredia, no es necesario —dijo.

—¿Me aseguras que afuera lo van a juzgar; que no va a existir un juez maraco que lo libere?

Solís no respondió. Bajó la mirada hasta encontrar los restos chamuscados de una alfombra y a paso lento salió del cabaré.

Las balas impactaron a un costado de la nariz de Maragaño. Por un momento pareció que volvía a ponerse de pie, pero enseguida, lo que podía quedar de su cabeza rebotó contra el suelo. Guardé mi arma y salí al encuentro de Solís. Lo hallé sentado en su auto, con la cabeza apoyada en el volante. Me senté a su lado para contemplar el cabaré en llamas. Algunas copetineras semidesnudas observaban el espectáculo sin atreverse a huir. Se oyeron unas sirenas y en unos pocos minutos el lugar se llenó de ambulancias, radiopatrullas y carros de bomberos.

A Dagoberto lo pusieron en una ambulancia. Me despedí de él augurándole una larga licencia médica, y enseguida regresé a mi oficina, donde comprobé que mi herida en el hombro no tenía mayor importancia. Me di una ducha, cubrí mi cuerpo con ropas limpias y estuve un largo rato frente al espejo, hasta que mi rostro recuperó su aspecto tranquilo de costumbre.

Todo había terminado y solo me quedaba llamar a Marcela Rojas para contarle el final de la historia.

Salí a la calle y me puse a caminar en dirección al "Zíngaro". Era tiempo de emborracharme y no pensar en nada más.

–Afuera hace mucho frío, señor Heredia –me dijo Juanito a manera de saludo.

–Ideal para buscar el refugio de un buen trago –respondí, al tiempo que pensaba que serían tres o cuatro, y que después, tal vez iría al encuentro de Andrea.

La ciudad estaba triste. Vacié la primera copa y pedí que me sirvieran otra.

–Es de esperar que la mala racha pase pronto –comentó el mozo.

–Vendrán tiempos mejores –le dije, y miré hacia la calle.

Comenzaba a llover en la ciudad.

ESTE LIBRO HA SIDO POSIBLE POR EL TRABAJO DE

COMITÉ EDITORIAL Silvia Aguilera, Mario Garcés, Luis Alberto Mansilla, Tomás Moulian, Naín Nómez, Jorge Guzmán, Julio Pinto, Paulo Slachevsky, Hernán Soto, José Leandro Urbina, Verónica Zondek, Ximena Valdés, Santiago Santa Cruz **PRODUCCIÓN EDITORIAL** Guillermo Bustamante **PROYECTOS** Ignacio Aguilera **ÁREA EDUCACIÓN** Mauricio Ahumada **DISEÑO Y DIAGRAMACIÓN EDITORIAL** Leonardo Flores **CORRECCIÓN DE PRUEBAS** Raúl Cáceres **COMUNIDAD DE LECTORES** Francisco Miranda, Marcelo Reyes **VENTAS** Elba Blamey, Luis Fre, Marcelo Melo, Olga Herrera **BODEGA** Francisco Cerda, Pedro Morales, Carlos Villarroel **LIBRERÍAS** Nora Carreño, Ernesto Córdova **COMERCIAL GRÁFICA LOM** Juan Aguilera, Danilo Ramírez, Inés Altamirano, Eduardo Yáñez **SERVICIO AL CLIENTE** Elizardo Aguilera, José Lizana, Ingrid Rivas **DISEÑO Y DIAGRAMACIÓN COMPUTACIONAL** Nacor Quiñones, Luis Ugalde, Jessica Ibaceta **SECRETARIA COMERCIAL** Elioska Molina **PRODUCCIÓN IMPRENTA** Carlos Aguilera, Gabriel Muñoz **SECRETARIA IMPRENTA** Jasmín Alfaro **IMPRESIÓN DIGITAL** William Tobar **IMPRESIÓN OFFSET** Rodrigo Véliz **ENCUADERNACIÓN** Ana Escudero, Andrés Rivera, Edith Zapata, Pedro Villagra, Eduardo Tobar **DESPACHO** Matías Sepúlveda **MANTENCIÓN** Jaime Arel **ADMINISTRACIÓN** Mirtha Ávila, Alejandra Bustos, Andrea Veas, César Delgado.

LOM EDICIONES

9 789560 004314